20XX년 XX월

코로나 변주곡

20xx년 xx월

발행	2022년 06월 14일
저자	무지개
펴낸이	한건희
펴낸곳	주식회사 부크크
출판사등록	2014. 07. 15(제2014-16호)
주소	서울특별시 금천구 가산디지털1로 119 A동 305호
전화	1670-8316
E-mail	info@bookk.co.kr
ISBN	979-11-372-8570-5

www.bookk.co.kr

코로나 변주곡

20XX년 XX월

무지개 지음

BOOKK

Contents

확신자가 폭증하던 지난 2022년 3월, 서울시립대 국문과 학생 다섯 명이 모여 '코로나가 계속된다면'이라는 주제로 글을 쓰기 시작하였다. 그리고 2022년 6월, 각자의 색이 담긴 서로 다른 다섯 편의 단편 소설이 탄생하였다.

책의 제목인 20xx년 xx월은 코로나가 계속되고 있는 어느 날을 상징하는 것이고, 코로나 변주곡이라는 부제는 '어떤 주제를 바탕으로, 선율·리듬·화성 따위를 여러 가지로 변형하여 연주함. 또는 그런 연주'라는 변주의 본래 뜻을 차용해 주제는 동일해도 개성은 전혀 다른 다섯 편의 소설이 탄생하였음을 의미한다.

작가 소개

김우성

게으른 천재도 아니고 부지런한 바보도 아닌 게으른 바보에 머물고 있는

사람이다. 작가 소개를 쓰는 데 10분 넘게 고민했다. 자신의 색깔을 아직 찾는

중이다.

신기루

1.

‘코로나 신고는 144! 코로나 신고는 144!’

"승섭 씨, 뭘 그렇게 빤히 쳐다보고 있어? 점심시간 다 끝나가는데 밥이나 마저 먹지." 정수가 이죽거리며 묻는다. "걱정하지 말어. 승섭 씨 코로나 걸리면 내가 꼭 신고해줄 테니까."

‘크큭’ 주변의 비웃음 소리가 들린다.

승섭의 시선이 벽에 붙어있는 낡은 코로나 신고 스티커에서 정수에게 옮겨간다.

"어떻게, 찐하게 뽀뽀라도 한 번 해드릴까요?" 승섭은 먹던 빵을 내려놓으며 자리에서 일어나, 뽀뽀하는 시늉을 하며 정수에게 다가간다.

"히익!" 정수는 기겁하며 뒷걸음질 친다. "오지 마!"

"하아…" 승섭은 짜증 섞인 한숨을 내쉬며 말한다. "격리 구역에 간다고 사람 무시하는 것도 정도가 있는 거 아닙니까? 밥이라도 좀 편하게 먹게 해 주세요."

정수는 아직 진정되지 않은 얼굴로 다가오며 말한다. "격리 구역 사람들은 평소에도 위험하지만, 밥 먹을 때가 특히 더 위험한 거 몰라? 빨리 처먹고 마스크나 똑바로 쓰고 다니란 말이야! 확 신고해 버리기 전에."

정수의 태도에 화가 난 승섭은 목소리를 높인다. "누구는 좋아서 격리 구역까지 배달 갑니까? 가라니까 가는 거지!"

"그러게, 누가 배달 사고를 10건이나 내래? 그렇게 사고를 치고도 안 짤린 걸 다행으로 여겨!"

"이 아저씨가 정말…!" 흥분한 승섭의 입에서 무엇인가 튀어나온다.

"꺄악!" 둘의 말싸움을 지켜보던 여직원 하나가 갑자기 소리 지른다. "저… 정수 아저씨 볼에…!"

정수의 마스크에 승섭의 입에서 튀어나온 빵 쪼가리가 달라붙어 있다.

"이게 뭐야… 으아악!" 당황한 정수가 날뛰기 시작하고 휴게실은 순식간에 난장판이 된다.

"꺄악!"

"도망쳐!"

"감염된다!"

'코로나 신고는 국번 없이 144!'

승섭의 시선이 다시 천천히 벽에 붙어있는 낡은 코로나 신고 스티커로 향한다.

'대체 어쩌다 이렇게 된 거지?' 승섭이 다시 자리에 앉으며 비명 때문에 지끈거리는 관자놀이를 손으로 꾹 누른다.

2022년 종식되어가던 코로나바이러스는 20xx년 xx월 새로운 변이 바이러스가 등장하며 새로운 국면에 접어들었다.

'나 어릴 때 죽을병은 아니었는데.'

코로나바이러스 '피(pi)', 오미크론 다음인 이 바이러스는 기존 바이러스보다 전염성은 떨어졌지만, 치사율이 극대화되었다. '걸리면 무조건 죽는다!' 치사율 100%라는 놀라운 기록은 집의 의미를 요람에서 철창으로 바꾸어 놓았다. '전면 외출 금지 조치', 사회적 거리두기 5단계가 발령되고 정부는 감염자들을 직접 관리하기로 했다. 하지만, 잇따르는 의료진들의 사망 소식과 물자 부족으로 인해 정부는 거리두기를 해제하고 구역 단위로 사람들을 격리하기 시작한다. 감염자들이나 감염 위험군이 사는 '격리 구역', 감염 위험에서 완전히 벗어나지 못한 '중립 구역' 그리고,

"완전 청정 구역..." 승섭이 빵을 입에 물고 중얼거린다. "돈 없는 게 죄지 죄야."

정부의 격리 구역 사업에서 격리된 것은 확진자나 감염 위험군만이 아니었다. 권력자나 부자들이 모여 만든 '완전 청정 구역', 격리 구역이 감옥이라면 완전 청정 구역은 낙원이었다.

'코로나 신고는 국번 없이 144!' 승섭의 시선은 스티커의 아래쪽에 머물러 있다. '질병 관리 본부 낙원' 몇 년 전 낙원에서 시행한 정책 때문에 전국이 떠들썩했다. 완전 청정 구역을 위해 원조금을 내면 완전 청정 구역에서 살 수 있는 권한을 준다는 것. 로또 1등에 당첨된 사람이 당첨금을 전부 기부하고 완전 청정 구역에 들어갔다는 기사가 몇 번이나 뉴스에 오르내리곤 했다

잠시 생각하고 있자니 주변이 조용해졌다.

승섭은 반쯤 먹은 빵을 마저 먹어 치우고 자리에서 일어난다.

"이봐, 승섭 씨!" 오후 배달을 위해 자기 물건을 확인하고 있던 승섭에

게 같은 격리 구역 배달 기사인 현욱이 말을 건다. "소장이 찾아. 내가 확인할 테니까 어서 가봐."

"감사합니다. 현욱 아저씨. 언제나 신세 지네요"

승섭은 현욱에게 짧은 감사의 말을 전한 뒤 위층에 있는 소장실로 향한다.

2

"오늘 오후 5시경 중립 구역 한 주택가 골목에서 70대 노인이 코로나로 인해 숨진 채 발견되었습니다. 질병관리본부는 해당 주택가를 폐쇄하고 최초 발견자인 A씨를 격리 구역으로…"

"여보, 나 왔어." 회사 일이 고된 탓인지 승섭의 얼굴은 더 수척해 보인다.

"어서 와요 여보. 고생했어." 연우가 현관까지 나와 반긴다. "여보 오늘 옆 동네에서 코로나 사망자 나와서 난리 난 거 알아? 오늘 마트 다녀오다 봤는데 진짜 끔찍했어."

"뭐라구? 너는 괜찮아?" 평소에 몸이 약했던 연우였기에 승섭은 놀라며 되묻는다.

"응응 괜찮아요. 사람들 막 모여 있길래 가서 봤더니 피투성이가 된 사람이 쓰러져 있는 거야. 하얀 옷 입은 사람들이 오지 말라고 막고 있더라. 그 사람들 보니까 티브이에서 보던 얼굴까지 가리는 마스크 쓰고 있던데, 완전 청정구역 사람들인가? 나 완전 청정구역 사람들 처음 봤어. 신기하다."

'얼굴까지 가리는 마스크 쓴 사람들…'

"응. 아마 낙원 사람들일 거야. 확진자 관리는 낙원에서 다 하고 있으니까."

"아 맞네! 그렇겠구나. 참, 여보 밥은 먹었어?"

"아니. 점심때 빵 먹고 아직 아무것도 안 먹었어." 승섭은 배가 고프다는 듯 두 손으로 배를 감싼다.

"우리 오랜만에 와인 마실까요?" 붉어진 연우의 볼과 애교 섞인 존댓말. 승섭은 윗옷을 벗어 던진다.

"나 그럼 빨리 씻고 올게!" 승섭은 바지와 속옷을 한 번에 내리면서 뛰듯이 화장실로 간다. "금방 올게!"

바지가 다리에 걸려 갓 태어난 기린 같은 모습을 하고 있는 승섭의 뒷모습을 보는 연우의 얼굴에 슬며시 미소가 생긴다.

"그런데 아까 말이야…"

"아까?" 알몸으로 침대에 누워 연우의 볼을 쓰다듬던 승섭이 대답한다.

"응. 돌아오면서 본 거 말이야. 조금 기분 나빴어. 코로나 때문이 아니라 그 사람들 마스크 너머로 눈이 보이는데 우리를 쳐다보는 눈빛이 뭐랄까… 더러운 거 보는 눈이라 해야 하나? 중립 구역 사람이라고 무시하는 거야 뭐야!"

"그러게 말이야. 진짜 기분 나빴겠다." 승섭은 연우의 말에 쉽게 공감할 수 있었다.

연우가 말하는 낙원 사람의 시선이 쉽게 상상이 갔기 때문이다. 승섭은 상상 속의 얼굴까지 가리는 마스크 속에 정수 아저씨의 눈을 그려 넣었다.

"다 같은 사람인데!" 생각할수록 화가 나는지 연우의 얼굴이 빨개졌다.

"맞아. 다 같은…" 승섭은 말하다 말고 말끝을 흐린다.

'다 같은 사람인데!'

한 달간 승섭이 격리구역으로 배달을 가면서 본 모습은 승섭이 격리구역 사람들을 같은 사람이라고 표현하기 망설여지게 했다. 치사율 100%의 죽을병에 걸린 사람들은 더 이상 법의 굴레에 얽매이지 않았다. 살인, 강간, 방화와 같은 범죄가 끊이지 않게 되자 뒤가 없는 사람들을 관리하기 위해 정부는 격리구역을 만들고 완전 청정구역 사람들을 통해 확진자들을 격리구역에서 벗어나지 못하게 만들었다. 격리구역은 하나의 거대한 감옥이고 사람들은 확진자와 관리자라는 이름의 죄수와 간수였다. 격리구역은 다시 세 구역으로 나뉘는데, 확진자를 모아둔 격리동, 감염 의심자를 모아둔 중간동 그리고 완전 청정구역 관리자들이 있는 관리동이다. 이 중 승섭이 배달 가는 곳은 격리구역의 관리동이다.

'시체나 다름없었지…'

코로나바이러스 피(pi) 그리스어에서 붙여진 이름이지만 한국 사람들은 코로나를 '피병'이라고 부르기도 한다. 몸속의 혈액이 점점 부족해져 피부가 창백해지다가 결국 피를 토하며 죽기 때문이다. 관리동의 창 너머로 본 그들의 모습은 시체와 다름없었다. 입가에 흐른 피를 닦지도 않은 채 거리를 돌아다니는 그들의 모습을 생각하며 승섭은 그들을 과연 우리와 같은 사람으로 볼 수 있을까 생각했다. 그리고 창에 비친 그들을 바라보던 자기 얼굴을 떠올리고 그 얼굴에서 자신을 바라보던 정수 아저씨의 얼굴이 보이려 하자 승섭은 미간을 찌푸리고 생각하기를 멈췄다.

"오빠…? 괜찮아?" 생각에서 돌아온 승섭의 눈에 걱정 어린 연우의 얼굴이 보인다.

"응. 괜찮아. 피곤해서 그래."

괜찮겠지 아마.

'소장은 아직 좀 그런데…'

승섭이 소장을 마지막으로 본 건 한 달 전, 자신이 중립 구역 배달 기사에서 격리 구역 배달 기사로 배정받을 때였다. 승섭이 기억하는 소상의 마지막 얼굴은 자신이 던진 자개 명패에 이마를 맞아 피를 흘리는 얼굴이었다.

'후우' 속으로 짧게 한숨을 쉰 승섭은 용기 내 문을 두드린다.

"김승섭입니다."

"들어오게."

소장의 눈치를 살피며 들어오던 승섭은 소장의 이마에 아직 붙어있는 거즈를 보고 흠칫 놀란다.

"아, 이거? 신경 쓰지 말게, 다 나았어. 이리 와서 앉지." 소장은 얼굴에 사람 좋은 미소를 띠며 승섭에게 자리를 권한다.

승섭은 예상치 못한 소장의 태도에 어리둥절하며 자리에 앉는다. 한 달 전 승섭은 소장에게 불려가서 격리구역으로 배정되었다는 얘기를 들었다. 잦은 배달 사고 때문이었다. 현욱 아저씨의 모습을 보고 격리구역에 배달 가는 사람들이 받는 대우를 알고 있던 승섭은 이게 사실상 징계 조치라는 것을 금방 알아차리고 받아들였다.

"차는 뭘 마시나? 커피?"

"아뇨 저는 물이면 괜찮습니다."

"에헤이. 자네 아직도 화났나? 저번엔 내가 좀 경솔했지?" 소장은 승섭의 앞에 커피를 내려놓는다.

한 달 전 소장은 승섭에게 격리구역 배정을 알려주면서 연우의 몸매를

평가하는 등 연우를 희롱하는 말을 했다. 승섭은 그 말을 듣고 욱하는 마음에 소장의 자개 명패를 책상에 내던졌고 튕겨 나온 명패의 모서리에 소장의 이마가 찢겨 얼굴 반쪽이 피범벅이 되었다. 해고당할 걸 각오했었지만 그러지 않은 소장에게 승섭은 지금은 미안한 마음이 더 컸다.

"내가 오늘 자네를 부른 건 내가 자네한테 한 심한 말이 자꾸 맘에 걸려서 말이야..."

"아닙니다. 제가 잘못한 일인데요."

"격리구역 배정이 사실상 징계 조치인 건 알고 있지?"

"네. 알고 있습니다."

"자네에게 기회를 주고 싶어. 저기 뒤에 박스 보이지?"

뒤를 돌아보자 '취급 주의' 표시가 그려진 하얀 박스 하나가 눈에 보인다.

"위에서 부탁한 물건인데, 격리구역에 갈 사람이 마땅치 않아서 말이야. 추천하는 사람이 없냐길래 내가 바로 자네 이름을 말했지." 소장의 앞에 놓인 커피가 반쯤 비워진다. "이번 일 잘 되면 말이야. 내가 자네를 다시 중립 구역, 아니 완전 청정구역 배정으로 올려주지."

"그렇게 중요한 물건인가요? 저게?" 하얀 것만 빼면 겉보기에는 다른 택배 상자와 별반 다를 것이 없었다. 대체 안에 뭐가 들었길래?

"나도 중요하다는 것만 들었지, 안에 뭐가 있는지는 잘 몰라. 하지만 우리 같은 사람들이 알아서는 좋을 게 없다는 건 알고 있지." 소장의 앞에 놓인 커피가 바닥을 드러낸다. "궁금해하지 말라는 소리야."

"잘 알고 있습니다."

"오늘 바로 다녀오게. 관리동의 한경 부장에게 전달하면 돼."

"예. 알겠습니다."

승섭은 소장에게 인사를 하고 뒤에 있던 하얀 박스를 들었다. 생각보다 많이 나가는 무게에 승섭의 다리가 살짝 굽혀졌다. '대체 안에 뭐가 든 거지?' 피어오르는 궁금증을 뒤로한 채 승섭은 소장실에서 나왔다.

4.

격리구역에 배정되고 처음 배달을 갔을 때 승섭은 그 웅장함에 압도당했다. 거대한 벽으로 둘러싸여 있는 요새와 같은 곳, 입구에 있는 얼굴까지 가리는 마스크를 쓴 사람들은 마치 요새를 지키는 병사 같았다. 지금은 조금 익숙해졌다지만 무거운 가방을 맨 듯 어깨가 짓눌리는 것 같은 압도감은 여전하다. 격리구역 앞에 주차된 승섭의 차에서 박스가 하나둘 구루마에 담긴다.

"안녕하세요?"

승섭은 격리구역 배달을 시작한 한 달 동안 꾸준히 경비원들에게 인사를 건넸지만 돌아오는 건 인사 대신 차가운 눈빛과 소독실을 가리키는 턱 끝뿐이었다. 승섭은 그들의 대응이 기분 좋지 않았지만 고양이 앞의 생쥐처럼 분위기에 압도된 까닭에 대놓고 뭐라 하지는 못하고 인사를 안 하면 괜히 지는 것 같은 까닭에 대신 인사할 때 속으로 '개새끼야!'를 붙여 말하는 것으로 소심하게 저항하기로 생각했다.

'개새끼야!'

"안녕하십니까." 경비원 한 명이 이전과는 다른 친절한 목소리로 대답한다.

전혀 예상치 못한 친절한 반응에 승섭은 드디어 자신이 이겼다는 생각이 들어 기분이 좋아졌지만, 곧 그들이 반기는 것이 자신이 아니라는 것을 깨닫는다. 기쁜 마음으로 마스크 속을 들여다본 승섭은 그들의 시선이 승섭이 아닌 승섭이 가져온 구루마에 가 있는 것을 알았다. 정확히 말하자면 구루마 위에 놓인 하얀 박스에 가 있었다. 그들이 반긴 것이 자신이 아닌 박스라는 사실에 평소 같았으면 기분이 상했을 승섭이지만, 이번만큼은 호기심이 더 앞섰다. 대체 저 상자에 뭐가 들었길래 저들의 얼음장 같던 태도가 손바닥 뒤집듯이 바뀌었는가? 승섭이 상자의 무게를 떠올리며 내용물을 상상하고 있을 때 다른 경비원이 묻는다.

"혹시 그 하얀 박스가 한경 부장님께 가는 물건입니까?"

"예, 그렇게 전해 들었습니다."

"그 상자는 특별히 직접 전해달라고 하셨습니다."

"예? 직접요?" 격리 구역에 배달을 간다고 하지만 승섭이 관리동 사람들을 직접 마주치는 것은 입구의 경비원들이 전부였다. 그런데 직접이라니… 새삼 이번 일의 무게가 느껴져 승섭은 짧은 심호흡을 내뱉었다. '궁금해하지 말자. 이것만 잘 전달하면 나도 완전 청정구역 배달 기사다.' 승섭은 스멀스멀 피어오르는 궁금증을 억눌렀다. 경비원이 손바닥을 위로 한 채 소독실을 가리킨다. "들어가시죠." 본인이 아닌 상자에 하는 대접인 것을 알고 있지만, 승섭의 입 모양은 엄지손톱 모양으로 바뀌어 있었다. 그리고 승섭의 머릿속 정수 아저씨의 눈이 어느새 부러움의 눈으로 바뀌어 있었다.

승섭의 손에는 어느덧 하얀 상자만 남아있다. '어떤 멍청이가 엘리베이터를 중간까지만 만들어 놓은 거야?' 이마에 흐르는 땀을 닦아내면서 최상층으로 향하는 계단을 오르는 승섭은 얼굴도 모르는 건축설계사를 원망하며 후들거리는 다리를 옮기고 있다. '드디어!' 최상층에 도착한 승섭은 잠시 '내려갈 때는 어떡하지…'라는 생각이 들었지만, 그보다 먼저 도착했다는 생각에 순수하게 기뻐하며 문을 열었다.

이전 층들과는 전혀 다른 모습이 승섭의 눈앞에 펼쳐진다. 조그마한 창문이 아닌 통유리로 된 창은 격리구역의 중간 동과 격리동을 한눈에 보여주었다. 승섭은 격리구역이 감옥이라 불리는 이유를 하나 더 찾은 것 같았다. 이곳의 모습은 예전에 교과서에서 배웠던 파놉티콘을 떠올리게 했다. '그리고 이 감옥의 대빵이 저 사람이라는 거지?' 승섭의 시선이 자리에 앉아있는 한 남자에게로 향한다. 남자는 승섭이 온 것을 눈치채지 못하였는지 눈앞의 화면에 시선을 고정하고 있었다. "저기요?" 남자는 꼼짝도 안한다. "저기요!" 남자가 고개를 천천히 들자 승섭은 흠칫 놀랐다. 눈 밑에 진한 다크서클, 움푹 파인 볼, 창백한 피부. 승섭은 남자가 피병에 걸렸다고 생각했다. 하지만 외적인 것은 둘째 치고, 승섭이 놀란 가장 큰 이유는 남자가 마스크를 벗고 있었기 때문이다.

"한경씨… 되십니까…?" 남자는 도저히 높은 자리에 있을 사람으로는 보이지 않았다. 그의 외모에서 풍기는 어딘지 모르게 사회에 찌든 듯한 향기는 오히려 승섭이 사는 곳과 더 친숙하게 느껴졌다. "드디어 왔군요!" 남자는 상자를 보자 얼굴에 함박웃음을 띠우며 벌떡 일어섰다. "네! 제가 한경이라고 합니다. 기다리고 기다렸는데 드디어 도착했군요!" 한경이 피곤한 얼굴로 다가오자 승섭은 자신도 모르게 살짝 뒷걸음질 쳤다. 한경이 다가와 승섭의 손에 있는 상자를 덥석 집으며 말한다. "이거 제가 진짜 기다리던 거거든요? 이거 시킨 다음에는 일도 손에 안 잡히고 밥도 잘 안 들어가고… 제가 꿈에서도 이거 꿈을 꿨다니까요?" 승섭은 물건만 빨리 주고 돌아가려고 했지만, 한경의 페이스에 말려들어 그가 하는 말을 어정쩡히 서서 들으며 '아, 예.'만 반복하고 있었다. 이후에도 한경은 자기 꿈 얘기부터 시작해서 변기 위에서까지 택배만 기다렸다는 얘기까지 이어가 승섭은 체감상 10분은 한경에게 붙들려있는 것 같았다. 그렇게 한경의 얘기를 듣고 있자 승섭은 치워 두었던 호기심이 다시 솟아나기 시작했다. 도대체 저 물건이 뭐길래 소장이 완전 청정구역 배정까지 내걸며 부탁했으며 얼음장 같은 경비원들의 태도를 녹이고 자신을 낙원의 부장인 한경의 방까지 직접 올라와 건네주게 했을까? 승섭이 돌아가는 것을 잊고 한경의 말을 들으며 호기심을 불태울 때 한경은 상자를 자기 자리까지 가져가 칼을 꺼내 든다.

그리곤 갑자기 표정이 굳어지며 "열어본 건 아니죠?" 하고 묻는다.

승섭은 호기심을 감추려는 것처럼 거세게 부정한다. "아닙니다! 제가 어떻게 손님 물건을 열어보겠습니까? 제 기사 인생을 걸고 절대 열어보지 않았습니다!"

"뭔지 궁금하시죠?" 잠시 승섭을 바라보던 한경이 승섭을 꿰뚫어 본 듯 묻는다.

"아…아니요"

"궁금할 텐데?"

"... 네."

"거봐! 궁금하다니까!" 한경은 득의양양한 표정을 지르며 승섭을 부른다. "잠깐 이리 와봐요."

"네?"

"궁금하다며, 이리 와보시라니까?"

주춤주춤 앞으로 다가온 승섭에게 한경은 어깨동무한다.

"저기 보여요? 저기."

한경은 승섭을 데리고 창가로 데려가 한 곳을 가리킨다. 꼭대기에서 본 격리구역의 광경은 아래층의 작은 창으로 보던 격리구역의 모습과는 사뭇 달랐다. 아래층에서 보는 광경은 마치 나무였다면 이곳에서 보는 광경은 숲이었다. 사람들은 격리구역이라는 숲속에 사는 다람쥐 같았다. 승섭의 시선이 한경의 손가락 끝을 쫓아가자 그 곳에는 두 명의 다람쥐가 있었다. 한 명이 다른 한 명을 미친 듯이 때리고 있었다. 주변에 널브러져 있는 사람들은 그 두 사람을 보고도 아무 신경도 쓰지 않았다. "저기도." "저기도 있네." 한경의 손끝을 따라 시선을 옮기면 그곳에는 범죄를 아무렇지 않게 저지르는 사람들과 그걸 보고도 아무렇지 않게 있는 사람들이 있었다. 어린아이를 발로 밟고 있는 사람을 보았을 때는 승섭의 손이 저절로 주먹을 꽉 쥐었다.

"제가 매일 보는 광경입니다. 저들의 삶에 더 이상 법은 존재하지 않아요. 그럴 때 필요한 게 뭔지 아십니까? 맵니다. 매, 더 강한 폭력으로 다스려야 해요." 한경은 엄청난 말을 아무렇지 않게 뱉어냈다. "몇 주 전에도 일하다가 마스크가 깨지는 바람에 빠져서 힘을 좀 많이 썼더니 피가 좀 많이 튀어 버려서요." 승섭은 움찔하며 한경의 어깨동무를 풀려고 해봤지만, 한경은 왜소한 체구와는 달리 힘이 강했다.

"제 모습 저기에 있는 사람들과 닮지 않았습니까?"

승섭이 침을 꿀꺽 삼킨다

"걸려버렸어요, 코로나."

"히익!" 승섭은 한심한 소리를 내며 뒤로 자빠졌고, 그 자세로 손으로 바닥을 기어 도망가려 하였다.

"잠깐!" 한경의 외침에 승섭은 그대로 굳는다.

"이거. 궁금하다고 하셨잖아요?" 한경은 칼로 상자를 부욱 긋더니 속에서 병 하나를 꺼냈다. 병 속에는 정체 모를 액체가 찰랑거렸다. 그리곤 한경은 윗주머니에서 주사기를 하나 꺼내더니 그 안에 액체를 채워 넣었다. "이거 약이에요 약. 무슨 약? 당신 같은 사람들은 꿈도 못 꾸는 약! 한경은 주사기를 휘두르더니 자기 위팔에 꽂아 넣는다.

그런 한경을 뒤로한 채 승섭은 사색이 되어 헐레벌떡 자리를 박차고 나왔다. 한경이 주사를 꽂은 채 자신을 부르는 것 같았다. '젠장! 대체 저 사람은 뭐지?' 낙원의 부장이라는 높은 자리에 어울리지 않는 한경, 자신이 처음 본 한경에게서 느낀 피병환자 같다고 생각한 게 맞았다는 것을 깨닫자 승섭은 온몸에 소름이 돋았다.

'그나저나 여긴 대체 어디지?' 뒤도 돌아보지 않고 급하게 도망치다 보니 승섭은 처음 보는 곳으로 와버렸다. 마음이 좀 진정되자 두고 온 구루마 생각이 났지만 그걸 가지러 돌아가기에는 쉽사리 발이 떨어지지 않았다. 결국 구루마를 포기하고 나가는 길을 찾기로 했다. 평소에 배달하던 관리동과는 다른 모양의 방들이 펼쳐진 것으로 보아 이곳은 중간동인 듯했다. 아래로 내려가는 계단을 찾으며 걷고 있는 승섭의 눈에 검은 물체가 꿈틀거리는 것이 보인다. '저건 또 뭐야?' 오늘은 이미 너무 많은 일을 겪은 승섭이기에 존재감 뚜렷한 그 검은 물체를 모르는 척 지나가려 했지만, 검은 물체는 승섭의 앞을 막아섰다. 여자아이였다.

"아저씨는 누구예요?"

"응. 아저씨는 택배 아저씨야. 택배 알지? 택배." 감염 의심자들을 모아

놓은 중간동이라지만, 꼬마의 상태가 그리 나빠 보이지는 않았고 그보다 더 어서 이곳을 벗어나고 싶었기에 아이에게 길이라도 물어볼 생각에 승섭은 아이를 피하지 않았다.

"택배 알아요! 아저씨 그러면 우리 택배 주러 온 거예요?"

"아니 아니. 택배는 다 나눠줬구 지금은 길을 잃어서 여기 있는 거야. 혹시 나가는 길 알고 있니?"

"쩌기. 쩌기에요" 아이가 달리기 시작했다.

승섭은 빠른 걸음으로 꼬마를 쫓아갔다. 저 앞에 계단이 보인다.

'철퍽!' "으애애애애애앵" 앞서가던 아이가 바닥에 떨어진 토마토 같은 소리를 내며 넘어지더니 이어서 울음을 터뜨렸다.

"괜찮니?" 놀란 승섭이 꼬마를 일으켜 세웠다.

"흐애애애앵" 아이는 더 서럽게 울기 시작했다.

아이는 울음을 그칠 기미가 보이지 않았다. 코부터 넘어졌는지 얼굴은 코에서 흐른 피로 범벅이 되어있었다.

"꼬마야. 뚝! 너 집은 어디야? 집으로 가자." 닦을 것을 찾아보았지만 여의찮아지자 아이를 부모님께 데려가려고 한 승섭이지만 아이는 울기만 할 뿐 대답하지 않는다.

"자 이리와 뚝!" 아이의 얼굴이 점점 피로 덮이며 입까지 들어가고 있는 것을 보고 있을 수 없던 승섭은 소매로 아이의 얼굴을 닦아주었다.

"흐앵… 가…간지러워요. 아저씨…"

"좀만 참아 거의 다 닦았어."

"간지러워…에…에취!" 간지럼을 참지 못한 아이가 재채기 했다.

아이의 입 속에 있던 침과 피가 승섭의 얼굴에 튀었다. 눈에도 튀었는지 승섭은 한쪽 눈을 찡그린다. 승섭은 아이를 더 울리기 싫어 당황한 티를 내지 않고 태연한 척을 한다. '마스크 썼으니까 괜찮겠지..?'

"고마워요. 아저씨. 안녕!" 잠시 후 진정된 아이가 승섭에게 인사한다.

"그래 고맙다!" 승섭은 남은 반대쪽 소매로 얼굴을 닦으며 계단을 내려간다.

5.

'완전 청정구역 배정 김승섭'

격리구역에서 한경 부장을 만나고 며칠 뒤 사내 게시판에 배정이 바뀐다는 공고가 났다. 승섭은 그때 일을 기억하면 가끔 불안해서 잠을 잘 자지 못 한다. 승섭의 불안해하는 모습을 본 연우가 무슨 일이냐고 물어보았지만, 승섭은 '설마 코로나에 걸린 건 아니겠지'라고 생각하며 숨겼다. 이제 와서 밝히기에는 몸에 아무런 이상이 없어서 괜히 연우에게 혼나는 게 아닐까 싶었고, 또 완전청정구역 배정으로 바뀐다는 말에 기뻐하는 연우의 얼굴을 지키고 싶었던 것도 승섭의 입을 다물게 하는 데 한몫했다.

완전 청정구역에 배정된 이후에 승섭은 회사 사람들이 자신을 대하는 태도가 달라졌음을 느꼈다. 전처럼 수군대는 소리가 들리지 않았으며 전보다 사람과의 거리가 가까워졌다. 서슴없이 안부를 묻는 사람도 많이 늘었다.

승섭을 대하는 태도가 가장 많이 바뀐 건 역시 정수였다. 승섭은 평소에 정수가 보내는 시선이 편하지 않아 피해 다녔다. 하지만 얼마 전 복도에서 우연히 정수를 마주쳤을 때 승섭은 하마터면 정수인 줄 모르고 지나칠 뻔했다. 정수의 눈이 평소에는 전혀 볼 수 없던 시선으로 승섭을 보고 있었기 때문이다. 승섭은 당시에는 그 시선이 어떤 것인지 몰랐지만, 정수가 완전 청정구역에 배정받기 위해 소장의 뒤치다꺼리를 하고 있다는 소문을 듣고 난 후 그 시선이 부러움과 열등감이 섞인 시선이란 것을 깨달았다. 정수의 노기 어린 목소리가 아직 승섭의 귓가에 맴돌았다.

"대체 어떻게 소장을 구슬렸길래 네가 완전 청정구역 배정을 받은 거야? 돈이라도 갖다 바쳤냐? 내가 지금까지 소장 똥 닦아준 게 몇 갠데 왜 내가 아니고 네가 완전 청정구역에 가는 건데? 승섭 씨... 내가 그동안 미안했어. 내가 사과할게. 어떻게 배정받았는지 알려주면 안 될까? 내가 무릎이라도 꿇을 테니까..."

너무나도 간절해 보이는 정수의 말에 동정심을 느낄 만도 했지만, 승섭도 자기 자신이 완전청정구역 배정을 받은 것은 아직 이해되지 않을뿐더러 자신을 깔보던 정수의 눈이 자꾸 아른거리는 탓에 승섭은 정수의 얼굴이 거의 울상이 된 것을 보고도 오히려 기분이 좋아졌다.

즐거운 생각을 하고 있기 때문인지 승섭은 평소에 먹던 빵이 더 맛있게 느껴졌다. 아니면 점심시간 이후에 완전 청정구역으로 배달을 가는 것을 기대하고 있기 때문일지도 모른다. 처음 가 본 완전 청정구역은 격리구역과는 완전 딴판이었다. 창 너머로 보이는 맨얼굴의 사람들은 어릴 적 기억에 남아있는 코로나가 발생하기 이전의 모습을 옮겨놓은 것 같았다. 그 모습을 보고 있으면 어린 시절로 돌아간 것 같은 편안한 기분이 들어 승섭은 완전 청정구역 배달을 갈 때면 일이 일 같지 않게 느껴졌다. 하지만 승섭이 완전 청정구역 배달을 기다리는 가장 큰 이유는 그곳의 경비원들은 자기를 무시하지 않기 때문이었다. 처음 완전 청정구역 앞에 도착하고 경비원들을 보았을 때 격리구역의 경비원들과 같은 눈을 볼까 봐 두려웠는데 돌아오는 건 마스크 너머 보이는 눈웃음이었다. 그 눈웃음을 보고 드디어 자신이 인정받은 것 같은 뿌듯한 마음에 생각만 해도 기분이 좋은 승섭이었다.

'코로나 신고는 144!'

코로나 신고 스티커 아래쪽에 시선을 두고 있던 승섭은 반쯤 먹은 빵을 주머니에 넣으며 일어섰다.

6.

"고생 많았어! 요즘 야근이 많네. 밥은 먹었어?"

"빵 먹었어. 여보는?"

"또 빵이야? 여보 요즘 빵만 먹더라. 그러다 몸 상해. 나는 속이 좀 불편해서 안 먹었어. 며칠 전부터 계속 이러네."

"괜찮아? 병원은 가봤어?"

"아니. 금방 괜찮아지겠지 뭐."

승섭은 뭔가에 홀린 것처럼 일하기 시작했다. 사람들에게 인생의 좌우 명을 말한다면 '칼퇴근'이라고 당당히 말하던 승섭이었지만, 요 며칠간은 사람이 내용물이 바뀐 것처럼 자주 하던 배달 실수도 안 하고 자기 일을 끝낸 후 다른 사람의 일까지 맡아서 하느라 매일 야근했다. 집에 오면 피곤에 곯아떨어지고 다음 날 아침 일찍 출근하는 탓에 연우를 챙길 틈이 없었다. 승섭은 요 며칠 야근 때문에 제대로 보지 못한 연우의 얼굴을 유심히 살펴보았다. 연우의 얼굴에 피곤이 적나라하게 비친다. 새벽에 들어오는 남편을 항상 기다리고 있으니 연우의 얼굴이 피곤에 절은 승섭 자신의 얼굴과 닮아가는 것은 어떻게 보면 당연하였다. 하지만 승섭의 마음 한구석에 자리 잡고 있는 잊힌 줄 알았던 불안감이 마침 고개를 들었다.

'그날 이후로 오늘이 며칠째지…? 이미 잠복 기간은 지난 것 같은데…'

"여보 혹시 모르니 검사해볼래..?"

"검사? 무슨 검사?"

"그... 있잖아 그..."

"아! 알았어 여보. 내일 해볼게요."

'역시 부부는 통하는 건가?' 조심스럽게 말을 꺼내려던 승섭은 먼저 할 말을 알아차려 준 아내를 사랑스러운 눈빛으로 쳐다본다. 결혼은 미친 짓이라는 말이 있지만 승섭은 한 번도 아내를 만난 것을 후회한 적이 없었다. 아내인 연우는 예쁘고, 사랑스럽고, 그리고 날카로웠다.

"여보 근데 왜 요즘 맨날 야근하는 거야?" 연우가 살짝 미소 띤 얼굴로 묻는다. 이 얼굴을 보면 승섭은 도저히 거짓말을 할 수가 없었다. 연우 역시 이다음에 이어지는 말을 그저 믿어주었다. 때문에 승섭은 이번에는 사실을 숨기기로 했다. 연우를 속인다기보다는 실현 가능성이 없기 때문이라는 이유가 더 컸다. 그만큼 완전 청정구역의 벽은 높았다.

'택배 기사 월급으로는 어림도 없지... 로또라도 당첨된다면 모를까.' 그런 생각을 하는 승섭이였지만 내일도 야근을 할 생각이다.

"현욱 아저씨 뭐 하세요? 좀 도와드릴게요"

"자네가 여기는 웬일인가?"

"오랜만에 아저씨 보고 싶어서 왔죠."

"자네 얼굴 보면 내가 도와줘야 할 것 같은데?"

"하하. 그 정도인가요...?"

"그래. 자네가 요즘 바뀌었다고 하던데? 처음에는 자네 완전 청정구역 배정받은 거 가지고 말이 많았어. 낙하산이라느니 뭐니 하면서 말이야. 나야 뭐 자네 잘 아니까 자네가 그럴 사람 아닌 건 알았지만 나도 자네가 왜 그렇게 바뀐 건지 궁금하긴 해."

"별거 아닙니다. 그냥 발버둥 치는 거죠."

"발버둥?"

"예. 조금이라도 잘살아 보려구요. 저희 월급 아시잖아요?" 승섭은 잠시 침묵하다 미소를 띠며 말한다. "제 아내가 저한테는 정말 과분한 사람입니다. 근데 저한테 시집와서 고생만 죽어라 하고 있어요. 제가 할 수 있는 거라고는 열심히 일하는 것밖에 없더라구요."

"그것도 자네 몸 생각해서 해야지. 자네가 쓰러지면 다 소용없는 거야. 어서 가서 잠깐이라도 쉬어."

"저 격리구역 배달하면서 고생할 때 유일하게 챙겨주신 게 아저씨잖아요. 제가 구역 옮기면서 제 일까지 아저씨한테 갔을 텐데 제가 그걸 어떻게 보고만 있어요. 조금이라도 도와드릴게요."

"그러면 이거 하나만 옮겨주게."

"에이 더 시키셔도 되는데요. 흐읍! 헙!" 힘을 주어 바닥에 있는 상자를 들어 올린 승섭이 갑자기 쓰러진다.

"이봐! 승섭 씨 괜찮아?"

"아이고… 갑자기 어지러워서…"

"그러게 무리하지 말라고 했잖나! 자네 코피까지 나는구먼! 잠깐 앉아

있게 닦을 것 좀 가져올 테니.”

멍한 얼굴로 현욱의 뒷모습을 바라보던 승섭의 주머니에서 전화가 울린다. 화면에는 연우의 이름이 적혀있고 옆에는 하트가 붙어있다. 그 새빨간 색깔에 정신없는 와중에도 오늘 검사를 받는다는 연우의 말을 기억해낸 승섭은 다급하게 전화를 받는다.

“여보세요! 무슨 일이야? 검사받았어?”

“오빠…” 연우의 목소리에서 물기가 느껴진다.

“왜 그래? 무슨 일인데?”

“나 두 줄 나왔어…”

“두… 두 줄…?” 승섭의 얼굴이 사색으로 변하고 손에서 힘이 빠진다. 승섭의 손에서 빠져나온 핸드폰이 바닥으로 곤두박질친다.

“응. 오빠 이제…” 연우가 뭐라 말하지만 더 이상 승섭의 귀에는 들리지 않는다.

‘두 줄이면, 양성? 연우가 코로나에 걸린 건가? 젠장! 그럼 나도 피병 환자란 말이야? 이제 행복해질 일만 남았다고 생각했는데, 대체 왜! 이게 다 그 거지 같은 한경 그 새끼 때문이야. 젠장! 애초에 소장 말을 듣는 게 아니었는데… 씨발! 이제 어떡하지?’

“여보세요? 여보세요? 오빠!” 다시 핸드폰을 집어 든 승섭의 귀에 연우의 다급한 목소리가 들린다.

“연우야. 기다려. 금방 갈게!”

“오빠 잠깐! 오…” 통화를 끊은 승섭은 흐르는 코피를 소매로 대충 닦고 뛰기 시작한다.

'김승섭 그 새끼. 꼴 좋다!' 정수가 한껏 상기된 얼굴로 창밖을 바라보고 있다.

조금 전 정수는 복도에서 사색이 된 얼굴로 피를 묻히고 뛰는 승섭을 마주쳤다. 자기가 승섭을 괴롭힐 때도 본 적 없는 난생처음 보는 승섭의 얼굴에 정수는 그만 놀라서 비명을 질러버렸다. 하지만 승섭은 뒤도 돌아보지 않은 채 밖으로 향했다. 이상함을 느낀 정수는 승섭의 초췌한 모습과 피를 통해서 코로나를 연상해내고는 곧바로 핸드폰으로 144번을 눌렀다.

"행복한 우리 사회! 건강한 우리 사회! 코로나 없는 세상을 만드는 질병관리본부 낙원입니다! 무엇을 도와드릴까요?"

"네. 여기 코로나 걸린 것 같은 사람이 있는데요."

"위치가 어떻게 되시나요?"

"네. 여기는 OO 택배회사입니다. 위치는…" 곧바로 방역복을 입고 하얀 마스크를 머리 전체에 쓴 사람들이 와서 승섭과 실랑이를 벌였다. '아무리 코로나 신고여도 이렇게 빨리 올 수가 있나…?' 낙원에 대한 믿음이 더욱 커진 정수였다.

"당신들 뭐야! 이거 놔!" 승섭이 낙원 사람들에게 붙들려서 소리친다.

"김승섭 씨? 당신에 대한 코로나 신고 접수가 들어왔습니다. 같이 가주셔야겠습니다."

"뭐? 코로나? 씨발 어떤 새끼야!" 승섭이 고개를 돌려 회사 건물을 향해 소리친다. 정수는 보일 리가 없음을 알고 있음에도 몸을 숨겼다.

"최근까지 격리구역에 배달을 가셨군요?"

"그건 그냥 일일 뿐입니다. 일!"

"저희도 그냥 일하고 있는 겁니다. 부인께도 지금 사람을 보내놨습니다. 같이 가셔서 검사만 일단 받으시면…"

"으아아아아아!" 연우에게도 사람을 보냈다는 말에 승섭이 괴물 같은 힘을 내며 속박에서 벗어났다.

"뭐 하는 거야! 잡아!"

낙원의 사람들이 승섭을 잡으려 했지만, 승섭은 이미 차에 올라탔다. 승섭은 낙원 사람들이 치이는 것은 아랑곳하지 않고 곧바로 집으로 차를 몰았다.

이 광경을 지켜보던 정수는 두려움에 떨고 있었다. '만약 김승섭이 코로나가 아니어서 돌아온다면, 그리고 내가 신고했다는 걸 안다면 난 어떻게 되는 거지?' 괴물같이 울부짖으며 날뛰던 승섭을 생각하니 정수의 온몸에 소름이 돋았다.

"박정수 씨 되십니까?" 어느새 정수의 뒤에 있던 낙원의 사람들이 묻는다

"아 네... 제가 박정수인데요?"

"같이 가주셔야겠습니다."

"네…?"

승섭의 차가 지금까지 보여준 적 없던 속도로 도로 위를 달렸다. 다른 차들이 울리는 경적 소리나 후에 날아올 범칙금 따위로는 차의 속도를 줄일 수 없었다. 집에 도착한 승섭은 주차도 제대로 하지 않고 문도 잠그지 않은 채 10층 정도 되는 높이를 계단을 통해 올라갔다. 집 문 앞에 선 승섭은 심호흡을 한번 하고 문을 열었다.

"씨발! 씨이발! 대체 나한테 왜 그러는 거야! 왜!"

승섭의 택배차가 다시는 볼 수 없는 속도를 보여줬지만, 승섭의 기대를 간단히 저버리고 연우의 모습은 도저히 찾아볼 수 없었다.

8.

현욱이 돌아왔을 때 승섭은 자리에 없었다. '이제 괜찮아져서 돌아갔나?' 생각하며 오전 배달을 다녀오고 나니 승섭이 코로나에 걸렸다는 소문이 돌고 있었다. 현욱 역시 승섭의 몸 상태를 듣고 코로나가 아닌가 걱정했지만, 직접 본 승섭은 생각보다 팔팔했기에 크게 걱정하지는 않았다. 현욱이 오후 배달을 위해 짐을 정리하고 있을 때 구성에서 배달할 물건이 들썩이는 것을 보았다. 최근에 길고양이가 들어와 물건들을 헤집어 놓는 바람에 배상하는 일이 있었기 때문에 현욱은 이번에도 고양이인가 싶어 빗자루를 들고 다가갔다. 그러자 갑자기 검은색 그림자가 튀어나와 빗자루를 휘둘렀다.

"악!"하고 짧고 굵은 비명이 돌아왔다. '요즘 고양이는 목소리가 승섭 씨랑 비슷한걸…?'

"아니 승섭 씨 여기서 뭐 하는 거야?"

"현욱 아저씨…"

"그렇게 된 거였구만…"

승섭은 그동안의 일을 현욱에게 말했다. 현욱은 승섭의 말을 믿으면서도 확인차 물었다.

"자네 그래서 진짜 코로나에 걸린 건가…?"

"아니에요!"

"그래. 그래. 자네를 믿어. 그런데 왜 여기에 있는 거야?"

"저… 그게… 혹시 아저씨 오후 배달 가실 때 저를 격리구역에 데려가주실 수 있나요?"

"격리구역에? 거긴 왜?"

"연우가 거기에 있거든요." 그리고 코로나 치료제도 거기에 있을 것이다. 집에서 연우가 사라진 것을 보고 승섭은 한참을 울고 분노하다 전에 한경이 자신의 팔에 꽂아 넣던 주사를 기억해냈다. '분명히 코로나 치료제라고 그랬어. 그것만 어떻게 얻을 수 있다면…'

"좋아. 한번 가 보자고." 현욱은 결심한 듯 굳은 표정으로 승섭을 바라본다.

"안녕하십니까!" 현욱의 활기찬 인사에도 마스크 속의 눈은 미동도 하지 않는다. 격리구역의 경비원들은 오늘도 한결같이 택배 기사들을 대한다. 여느 때처럼 현욱을 소독실로 안내하려는데, 현욱이 눈을 마주치지 않는다. 평소 같으면 무시당하더라도 끝까지 눈을 마주치고 사람 좋은 미소를 보여줬는데, 오늘은 모자를 푹 눌러쓰고 고래를 숙이고 있는 현욱이었다.

"잠시만 기다리십시오." 경비원은 현욱을 불러 세운 뒤 모자를 확 벗긴다.

"아… 오늘 머리를 안 감아서요. 허허."

"예… 그렇군요. 들어가십시오." 경비원은 아직은 무언가 내키지 않았지만, 현욱을 들여보냈다. 오늘 오는 배달 기사는 그냥 들여보내라는 명령이 있었기 때문이다.

"휴. 십년감수했네." 현욱이 손에 가득한 땀을 옷에 닦으며 말한다.

"저도 심장 떨려서 죽는 줄 알았어요." 현욱이 가져온 상자 중 가장 큰 상자에서 땀이 흥건한 승섭이 나온다.

"이제 어쩔 생각이야?"

"한경 부장을 만나러 갈 겁니다. 만나서 담판을 지어야죠. 제가 저번에 본 게 코로나 치료제가 맞다면, 제가 만나자고 하는 걸 거절하지는 않을 겁니다." 연우를 구하는 것은 나중 일이다. 코로나가 걸린 채로는 둘 다 그 냥 죽음을 기다리는 것뿐이다.

"알겠어. 행운을 비네." 승섭의 어깨를 잠시 꾹 누른 현욱은 싣고 온 짐 을 가지고 간다.

헐떡대며 숨을 몰아쉬는 승섭 앞에 최상층으로 향하는 문이 놓여있다. 승섭의 한 손은 손잡이를 잡고 있고, 다른 한 손에는 회사에서부터 가져온 쇠 파이프가 들려있다. 저번에 힘에서 밀린 것이 생각났기 때문이다. 크게 심호흡을 한 승섭이 문을 벌컥 열어젖혔다.

"한경 이 개새끼야!" 문을 열자마자 승섭은 한경에게 달려들었다. 하지 만 승섭의 시야는 금방 검게 물들었다. 승섭의 이마는 어느새 바닥과 붙어 있었다. "크윽!" 문을 열자마자 달려든 낙원의 직원들에게 제압당한 승섭 은 하릴없이 눈을 치켜뜨며 한경을 노려 보고만 있었다.

"어서 오세요. 기다리고 있었습니다." 저번에 봤을 때보다 약간은 살집 이 오른 듯한 한경이 승섭의 앞에 쭈그려 앉아 눈높이를 맞추며 말했다. 한경은 이번에도 마스크를 벗고 있었다. "저번에 봤을 때 보다 많이 수척 해지셨군요!"

"너 때문이잖아. 이 새끼야!" 승섭은 발버둥을 치며 외친다. "이거 풀어!"

"당장이라도 저를 씹어 먹을 듯한 얼굴을 하고 있는데 제가 어떻게 풀어드립니까? 일단 진정부터 하시죠!" 한경은 승섭의 얼굴을 세게 걷어찬다.

"크악!" 승섭의 기세가 한풀 꺾인다.

"자. 조금 진정된 듯하니, 이야기를 들어볼까요? 여긴 무슨 일로 찾아오신 겁니까?"

"저번에 보여준 코로나 치료제… 그걸 내놓고 내 아내 연우도 풀어줘!"

"제가 왜요?"

"그렇지 않으면, 코로나 치료제를 개발하고 독점하고 있다는 걸 세상에 전부 까발리겠어!"

"크하하핫! 기껏… 기껏 생각해 낸 게 겨우 폭로한다고 협박하는 겁니까? 하핫!" 한경이 배를 잡으며 웃는다. 승섭은 당황한 표정으로 한경을 지켜본다.

"해보세요." 한경이 갑자기 웃음을 뚝 그치고 정색하며 말한다.

"뭐…?"

"해보시라구요."

"내가 못 할 줄 알아?"

"김승섭." 한경이 단호한 말투로 말을 이어간다.

"나이 28세, 학력 고졸, 고등학교 졸업 후 3년간 백수로 지내다가 심심해서 따 둔 면허 덕분에 겨우 택배 기사로 취업. 햇수로 5년 차 택배 기사지만, 잦은 배달 사고로 인해 격리 구역 배정에서 벗어난 적이 없음. 아내 연우와는 회식 자리에서 옆자리 테이블의 술을 쏟았다가 인연이 돼서 2년

교제하고, 현재 1년 차 신혼부부. 완전 청정구역 배정을 받은 뒤에 남한테 대접받는 기분에 취해서 꼴에 잘살아 보자고 한다는 게, 야근하고 빵으로 밥값 아껴서 그 돈으로 로또 구매. 맞나? 로또 당첨되면 완전 청정구역으로 이주하려고?"

"뭐야… 당신이 그걸 어떻게…?"

"네가 처음에 이곳에 온 게 과연 우연일까?"

승섭은 어안이 벙벙해서 아무 말도 하지 못하고 그저 한경이 하는 말을 듣고만 있었다.

"그 속 좁은 소장이 뭐가 이쁘다고 너를 완전 청정구역 배정으로 추천할까? 내가 소장에게 의뢰를 맡길 때 뭐라고 했는지 알아? 가장 다루기 쉬운 놈으로 붙여달라고 했어. 넌 그냥 장난감에 불과하다는 거야. 내 손바닥 위에서 놀아난 거라고, 그동안. 세상에 까발려? 할 수 있으면 해봐! 이곳에서 나갈 수나 있으면 말이야."

승섭은 도저히 머리가 따라가지 못해 가만히 한경을 쳐다보고 있었다.

"끝까지 실망만 시키는군. 오늘 너를 여기로 부른 이유는, 결정하기 위해서야. 나는 질린 장난감은 폐기처분 하거든." 한경은 주머니에서 칼을 꺼낸다. 한경이 휘두른 칼이 승섭의 머리를 스쳐 지나 바닥에 박힌다.

"마지막 기회를 주지. 자, 여기 네가 찾던 코로나 치료제야. 딱 두 개 준비해놨지. 지금이라면 치료제 하나를 완전 청정구역으로 가는 티켓과 교환해줄게. 이거 하나가 10억이 넘는다는 얘기야. 어떻게 할래? 아내를 배신하고 혼자서 완전 청정구역에 가서 살래? 아니면 둘이서 지금처럼 평생 중립 구역에서 코로나 위협에 벌벌 떨면서 살래? 잘 생각해봐. 낙원이 멀리 있는 게 아니야. 잡을 수 있을 때 잡아야 해. 어쩌면 이미 잡고 있을지도 모르지만 말이야."

승섭은 손을 뻗어 코로나 치료제 하나를 꽉 움켜쥔다.

9.

꽤나 끔찍한 날이었다. 갑작스레 집안에 들이닥친 사람들이 나를 잡아
가고, 몇 가지 검사를 하더니 금세 집으로 돌려보내 주었다. 코로나 검사
결과는 음성이었다. 이후에도 몇 번 더 검사받았지만, 결과는 같았다. 하지
만, 그날 이후 오빠의 모습을 볼 수 없었다. 임신 소식을 알리기 위해 전화
를 걸었을 때도 뭔가 이상한 느낌이 들었지만, 모습을 볼 수 없을 거란 생
각은 하지 못했다. 낙원의 높은 사람, 한경 부장 이랬나?, 그 사람 말에 따
르면 오빠가 좋은 기회를 얻어서 완전 청정구역에 일자리를 얻었다고 했
다. 한경은 남편의 소식을 전해준다는 이유로 자주 집을 찾아온다. 근데 그
사람 말은 왠지 믿지 못하겠다. 그 사람을 마주칠 때 마다 약하게 나는 역
한 피비린내가 이유라면 이유다. 오빠가 빨리 돌아왔으면 좋겠다.

배가 많이 불렀다. 아기 이름은 아기 아빠랑 같이 짓고 싶어서 아직 짓
지 않았다. 태명은 있다. 희망. 아기 아빠가 돌아왔으면 하는 마음으로 지
었다. 아기한텐 미안한 짓인가? 잘 모르겠다. 그냥 아기 아빠가 많이 보고
싶다. 한경 부장이 안 온 지 한 달이 넘어간다. 그를 믿지는 않지만 그래도
그가 가져오는 소식은 믿었다. 아니, 믿고 싶었다. 간간이 들려오는 잘 지
낸다는 소식이라도 없으면 무너질 것 같았다. 요즘 TV에는 사건 사고 소
식이 많다. 최근에는 완전 청정구역 사람이 떨어져 죽었다는 소식을 들었
다. 거기 사람들도 고충이 많구나.

나는 사람이 삐끗하는 게 (번짐) 거라고 생각한다. 절뚝거리면서도 자기 갈 길을 가는 게 사람이라고 생각한다. 그러다 보면 원래 걸음을 찾을 것이다. 나는 오빠가 (번짐) 사람이라고 생각하지 않는다.

아기가 태어났다. 아기 이름은 낙원이다. 아기 얼굴을 보자마자 오빠 생각이 났다. 잊고 있었는데… 그래도 오빠가 없는 빈자리는 이제 낙원이로 가득 찰 것이다. 아, 병원 침대에 누워있는데 뉴스에서 코로나바이러스 치료제가 개발되었다는 소식이 들렸다. 나도 모르게 눈물이 흘렀다. 이제 맘 놓고 밖을 돌아다닐 수 있는 걸까? 나누어진 사람들도 이젠 옛날에 허물어진 독일의 장벽처럼 벽을 허물고 살아갈 수 있을까? 오빠도 다시 한 번 볼 수 있을까? 아이가, 아이 아빠가 서로의 얼굴을 보는 날이 왔으면 좋겠다.

작가소개

나아영

1999년 10월 3일생. 미추홀외국어고등학교 졸업, 서울시립대학교 국어국문학과 재학. 시/에세이 '지금 나는 _시 _분이야.'를 썼다. 한마디로는 음악과 책 없이는 못 사는 사람.

2.

우리는 매일 죽었고, 매일 살았다.

I.

없다.

　지난달에 배급받아왔던 새 정화통이 사라졌다. 분명 선반 상자 안에 방
독면들이랑 넣어둔 것이 코빼기도 보이질 않으니 귀신이 곡할 노릇이었
다. 정화통을 한 번 배급받으면 몇 달은 사용이 가능하다 보니 지난달에
받았던 내가 이번 달에 다시 받는 것은 사실상 어려웠다. 이번 달에 받을
차례인 사람 중 죽었거나, 아파서 올 수 없는 이름하여 노쇼로 남는 정화
통이라도 받을 수 있을지 확인해보아야 했다.

　'T, 너 아직 배급조에서 일하지?'

　페이는 세지만 지금 같은 재앙 속에서는 가장 위험천만한 배급조였다.
온갖 사람들을 매일같이 만나고 접촉해야 했고, 수많은 인파가 들락거리
는 배급소를 완벽히 통제하고 방역할 만큼의 힘과 인력은 부족해진 지 오

래였다. 또, 배급조의 일은 배급 그 이상의 것이었다. 결국 질병과의 싸움에서 살아남지 못한 채 길에 방치된 사람들을 거두는 일까지도 배급조 담당이었다. 배급조에 대한 복지 같은 것은 없었다. 배급조 인원이 감염 등으로 목숨을 잃어도, 일하고 싶어 하는 사람들이 널려있었고 그들로 금세 대체하면 그만이었다. T는 집도 가족도 없었고, 살기 위해서 그가 할 수 있는 일이라면 그게 뭐든 뛰어들었다. 매일 배급 일을 하면서 겨우 허락을 구해 배급소 뒤편의 아주 작은 컨테이너에서 밤잠을 청한다는 것을 알고 있었다.

'어, 지금 근무 중. 오늘 완전히 좀비들 천지다.'

T의 말에 내 걱정이 한시름 놓았다. 그가 말하는 좀비는 노쇼로 남겨진 정화통을 얻어보려는 바이러스 난민들을 의미했다. 극심히 가난해 삶이 다른 사람들보다도 열악하여 기본적인 정화통과 방독면 배급조차 제대로 받을 수 없는 사람들은 그렇게 남는 정화통을 어떻게든 받아보려고 배급소 주변에 모여있기 일쑤였다. 좀비 떼가 몰렸다는 건, 그날 노쇼가 많다는 이야기였다.

T, 나 몇 개 좀 빼주면 안 되냐. 저번 달에 받은 게 아무리 찾아도 없어.'
'문단속해라. 정화통 노리는 거지새끼들이 집도 털고 다닌다더라. 몇 개?'
'3개'
'이름 몰래 올려놓을 테니까 4시 전에 와. 안티 있냐?'
'절반 남았어. 거기까진 충분해'

2019년, 코로나바이러스가 전 세계를 덮쳤고 모든 나라들이 펜데믹을 이겨내려 전력을 다했다. 갖가지 예방 주사, 치료제에 관한 연구와 결과물들이 나왔지만, 근본적으로 해결하지는 못했다. 바이러스는 계속해서 진화하고 변했다. 무슨 수를 쓰든 막으려고 노력해도 끊임없이 뚫고 들어오는 창과 같았다. 세계에 남은 것은 정확한 병명도 채 짓지 못한 수백 가지의 변이 바이러스와 그래도 살아가기 위한 최소한의 방법 몇 가지뿐이었고, 그 방법은 두 가지. 방독면과 'Anti-COVID' 라는 주사였다. 다양한 예방책을 찾아내는 연구 끝에 효과가 있었던 이 주사도 하루에 한 번 주사했을 때 딱 10시간 정도의 짧은 지속력을 가졌다. 그러나 정화통도 수요에 비해 공급이 턱없이 부족한 이 상황에서 안티제의 공급은 사막의 물 한 방울 정도였다.

내가 가진 안티제도 죽어라 모은 전 재산을 가져다 바쳐서야 겨우 하나 구할 수 있었다. 당시에 막냇동생이 독감을 심하게 앓았을 때 병원에 가려고 구했던 것이었다. 예전에 독감은 감기약으로도 금방 나았지만, 면역력이 바닥을 치는 지금은 약간의 감기도 90% 이상의 사망률이라는 무시무시한 변이 바이러스들로 이어질 위험이 크다. 그때 반 절 쓰고 남은 반 절이었다.

침대 밑에서 구급함을 끄집어내 안티제가 담긴 작은 유리병과 일회용 주사기를 꺼냈다. 절반을 전부 주사하기엔 또 혹시 모를 일이 생길지 모른다는 불안감에 남은 것의 또 반만 주사기로 빨아들였다. 이제 내 팔에 혼자 주사를 놓는 것은 일도 아니다. 주사를 놓은 팔뚝에 퍼렇게 멍이 들었다. 멍은 부작용 같은 것인데 동시에 맞았다는 표식이 되기도 한다.

정화통을 도둑맞았으니, 방독면은 쓸 수가 없어서 굴러다니는 KF94 마스크라도 대충 얼굴에 걸치고 현관문을 나섰다.

"금방 다녀올게."
"누나 어디 가?"
"L, 문단속 잘하고 있어."
"응. 언니 빨리 와."

동생들을 뒤로한 채 나섰다. 배급소까지는 차로 5분 정도 거리고, 안티제를 맞은 사람들은 택시를 부를 수도 있었으나 택시비는 더 이상 예전과 같지 않았다. 엘리베이터 문이 열리고 자전거를 집어넣었다. 4시까지는 한시간의 여유가 있었고 안티제의 효력은 2시간 반이었으므로 약간 서두를 필요가 있었다. 아파트 밖으로 나오자마자 자전거 위에 올라타 페달을 힘껏 밟기 시작했다.

거리는 조용했다. 다들 배급소로 갔기 때문도 있겠지만, 죽은 자들은 말이 없기 때문이기도 했다. 여기저기 방역복을 입은 사람들이 시체를 들것에 옮겨 트럭에 태우고 있었다. 그러한 장면들을 보면 끝없이 슬펐고 끝없이 불안해졌다. 그러다 보면 한없이 어둡고 깊은 곳에 갇혀버린 기분이 들었다. 예전부터 우울증을 앓고 있던 나에게 들춰 본 세상이란 것은 사실 처음부터 그다지 아름답지 않았지만, 지금의 세상은 그냥 누가 봐도 지옥이었다. 죽음은 무섭지 않으나 오로지 두 동생만을 위해서 버텨보고 있는 것이었다.

배급소의 모습은 그야말로 아수라장이었다. 곳곳에서 이미 감염되었을지도 모를 사람들이 배급 조원들의 옷을 붙잡고 울부짖고 있었다. 배급 조원들은 그들을 떼어내고, 비감염자들이 정화통을 받는 천막 근처에 갈 수 없도록 온몸으로 막아내며 진땀을 빼고 있었다. 그 모습 뒤로 창고에서 정화통 상자를 꺼내 또 다른 배급 조원에게 하나씩 전달하고 있는 T의 모습이 보였다. 이내 T도 나를 발견하고는 들고 있던 정화통 상자를 마지막으로 손을 탁탁 털며 천막 밖으로 나왔다. 내 쪽으로 점점 가까워지고 있을 때 갑자기 남루한 차림의 나의 막냇동생 또래의 어린아이가 T의 바짓가랑이를 와락 하고 잡아, 안았다. 아이는 간절한 표정으로 울고 있었다. 그 반동에 거의 넘어질 뻔했던 T는 확, 하고 아이의 옷깃을 잡아채 바닥으로 내동댕이쳤다. 그러고는 눈길 한 번 주지 않고 외마디 비속어를 내뱉고는 마저 내게 걸어오는 것이었다. 아이를 내팽개칠 때의 T는 완전히 내가 알던 T가 아니었다. 마치 지저분한 것이 몸에 달라붙었던 것과 같이 잔뜩 찡그린 표정은 두려움과 분노가 뒤엉켜있는 듯했다. 바이러스라도 묻었다는 듯 아이가 붙잡았던 옷을 정신없이 털고 있었다. 그에게는 그의 생존 외에 그 어떤 것도 전혀 신경 쓸 수 없는 듯했다.

"맞춰서 왔네, 따라와"

그의 뒤를 따라간 천막 뒤편 창고에는 각종 물품이 찬 나무 상자들이 아무렇게나 쌓여 있었다. 몇몇 상자들은 엎어져 안의 물품들이 바닥에 뒹

굴고 있었고 T는 그것들을 주워 대충 상자에 다시 던져 넣었다. 그러고는 다른 상자를 열어 정화통 세 개를 꺼내 내게 건넸다.

"고마워."

"고마워할 것 없다. 이제 여기선 못 도와줄 수도 있어. 감시가 심해진 것 같다."

"괜찮아. 진짜 고마워."

정화통 두 개는 겉옷 주머니에 각각 넣고 하나는 품에 안았다. 서둘러 천막을 빠져나가려는데 T가 불러 세웠다.

"A, 돈 가진 거 있으면 안티제 구해줄 수 있어."

"뭐...? 안티제?"

T의 말에 몸을 휙 돌려 그를 보았다. 안티제는 일반 배급 물품에 속한 것도 아니었고, 완전히 정부 소유여서 아무나 접근하기도 어려웠기 때문에 T의 말은 믿을 수 없는 이야기였다. 만약 이것이 사실이라면 T는 정말 범죄자가 되는 것이었다. 이 사실이 발각되면 그는 모든 것을 잃게 될 것이었고, 그렇게 되면 가족도, 나를 제외하고는 친구도 없는 T가 계속해서 살아갈 방법은 없을 것이었다.

"실은 내가 그걸로 돈을 좀 벌거든. 뒤로 나라에서 달라는 것보다는 싸게 파는 거야."

"아니, 안티제를 어떻게...!"

"목소리 낮춰. 다 그런 방법이 있다. 브로커 같은 게 있는데... 아니다. 암튼, 필요하면 연락하라고."

"..."

"시간 없다. 빨리 가."

휴대폰 시계는 벌써 4시를 띄우고 있었다. 여유롭게 집에 도착하기 위해서는 정말 서둘러야 했다. T를 뒤로 하고 천막을 빠져나와 자전거에 올라타려는데, 내 옷깃을 누군가 세게 잡아당겼다. 그쪽을 향해 고개를 돌려보니 아까 T에 내쳐진 그 아이였다.

"제발... 제발요... 도와주세요......."

아이의 얼굴에 동생들의 얼굴이 겹쳤다. 하지만, 내가 가진 것은 내게도 딱 최소한으로 필요한 수량의 정화통이었다. 품 안으로 넣은 정화통을 꽉 끌어안은 내 팔이 원망스러웠지만, 당장 내 동생들의 안위를 위해서는 정말이지 어쩔 도리가 없었다.

"미안... 정말 미안해."

옷깃을 꽉 쥔 아이의 손을 천천히 힘을 주어 풀었다. 아이의 애처로운 얼굴을 차마 더 이상 볼 수가 없었다. 고개를 떨구고 페달을 밟았다. 주저앉아 다시금 울음을 터뜨리는 아이의 소리를 모른 체할 수밖에 없는 자신은 조금 전의 T와 다를 게 없었다. 가슴 속이 불타오르는 것 같았다.

자전거 페달을 멈추지 않고 굴려 동네에 들어왔을 때였다. 뭔가가 빠르게 달리는 자전거를 덮쳤다. 콰당탕! 하는 큰 소리와 함께 바닥으로 날아 고꾸라졌다. 한 손으로 꽉 안고 있던 정화통도 날아가 땅바닥에 구르는 소리가 났다. 재빠른 발들은 그 정화통을 낚아채 멀리 달아나고 있었다. 팔다리는 포장도로에 다 쓸려 여기저기 피가 나고 있었고, 몸 위에 있는 자전거를 치우고 정화통 도둑을 쫓아가기에는 힘이 부족했다. 정신을 차리고 더듬어보면 다행히 주머니 속의 두 개는 무사했다. 천천히 몸과 자전거를 일으켰다. 절망스러웠다. 울부짖는 어린아이를 외면하면서까지 받아 온 것을 이렇게 잃은 것이 너무나 화가 났다. 차라리 아이에게 줬다면. 시계를 보면 슬슬 주사 약효가 떨어질 시간이 다가왔다. 후회도 일단 집으로 돌아가서 해야 했기에, 그저 다시 자전거에 올라타 페달을 밟을 수밖엔 없었다.

3.

"누나, 큰누나 왔다!"

"L, M. 정화통, 새로 받아 왔어."

"언니, 그것보다 조금 전에 엄마한테 전화 왔어."

"뭐?"

"그러니까. 갑자기 전화가 왔어."

"큰누나, 피나!"

"누나 괜찮아. 아니 엄마한테 전화가 어떻게 와. 갑자기 어떻게. 다시,

다시 걸어볼게."

"통화했는데 엄마가 다시 걸기 전에는 연락 못 한다더라. 우리가 연락할 방법이 없대."

머리가 새하 다. 몇 년 전, 변이 바이러스가 걷잡을 수 없이 번지면서 나라에서는 각 지역을 봉쇄하고 지역 간 이동을 금지시켰고, 외출을 했던 부모님과 우리도 그렇게 떨어져서 만날 수 없게 됐다. 이후로 연락 자체가 끊어져 서로의 생사조차 알지 못 한 채 지금까지 동생 둘과 아등바등 살고 있었다. 몇 년 간 연락 한번 없던 엄마한테서 전화가 왔다는 것은 너무나 갑작스러워 부모님이 살아 계신다는 것을 맘껏 기뻐할 겨를도 없었다.

"연락할 수가 없었대. 휴대폰도 다 잃어버리고, 빈털터리로 지내다가 겨우 일을 구했나 봐. 전화한 것도 겨우 일터 유선전화 빌린 거래. 그래서 우리가 연락해도 못 받으니까, 다시 전화하겠대. 다 살아계시대. 엄청나게 울었어. M도 엄마도. 나도."

"……"

"엄마, 배식조에서 일하는 것 같아. 아빠는 모르겠어. 우리 다 잘 있다고 말했어."

식당을 운영하셨던 엄마는 배식조로 들어가신 것 같았다. 일을 구해서 어떻게든 살게 되셨다는 소식은 다행이었으나, 배식조도 배급조와 별다른 것은 없었다. 페이가 세다는 것은 그만큼 일의 강도와 위험성 역시 세다는 뜻이었다. 먹지 못하고 있는 감염자나 비감염자에게 음식을 대량으로 만

들고 제공하는 일은 배급조와 같이 바이러스의 위험 가까이에 있는 일이
었다.

"다음에 전화 오면 바로 언니 바꿔줘."
"알겠어."
"일해야겠다. M, 둘째 누나랑 놀고 있어."

주방에서 약봉지를 꺼내 하나를 찢어 입안에 털어 넣고 물을 벌컥 들이
켰다. 일할 시간이었다. 다행히 나에게는 아주 적당하고 좋은 직업이 있었
다. 예나 지금이나 고립된 사람들은 하나같이 온라인 미디어 세상에 빠져
지냈고 그 안에서 생존 이유인 희망을 찾고자 했다. 나는 그 희망을 심어
주는 존재였다. 그들은 나를 따르고 후원했고 그렇게 나는 동생들에게 먹
을 밥과 마실 물을 줄 수 있었다. 물론 아주 큰돈을 벌 수 있는 것은 아니
었다. 온라인 세상에서 살아갈 수 있는 사람들은 생필품 이외의 것에 돈을
쓸 수 있는 여유가 있는 사람들이었고, 그런 사람들은 많지 않았기 때문이
다. 주로 원래 부자였거나, 부양할 가족이 없어 지출이 적거나, 페이가 센
위험한 일들을 하면서 늘 죽음의 문턱에 있는 사람들이었다. 방문을 닫고
노트북을 켰다. 오늘은 어제보다 큰 희망을 전할 수 있기를 바라면서, 가면
을 머리에 쓰고 웹캠 전원을 눌렀다.

"매일 다섯 시에 찾아오는, 여러분의 희망 지킴이 H입니다. 다들 오늘
하루 어떠셨어요?"

4.

밤은 내 안의 불안과 두려움이 가장 증폭되는 시간이었다. 다 큰 어른인데 아직 밤이 두려웠다. 매일 밤 죽는 꿈을 꾸었다. 동생들이 죽는 꿈. 내가 죽는 꿈. 악몽은 너무나도 생생해서 깨고 난 후에도 잠깐 죽었다 돌아온 사람처럼 온몸이 아팠다. 멀쩡한 방과 침대가 있는데도 늘 동생들과 거실 바닥에 이불을 깔고 다닥다닥 엉겨 붙어서 잠이 들었다. 양쪽에서 동생들의 살결과 숨결이 내 몸에 느껴져야만 내가 살아있는 걸 알 수 있었다. 꼭 숨이 붙어있는 것이 살아 있다는 것을 의미하는 건 아니었다. 그저 붙어 있는 숨을 마시고 내뱉기만 한다는 것은 남들보다 천천히 할 뿐, 결국은 처참히 죽어 가고 있는 과정이라고 생각했다. 나의 생존에는 의미가 필요했고, 이유가 필요했다. 그리고 동생들이 바로 그 의미이자 이유였다. 희망이었다.

거의 잠들기 직전이었다. 까만 휴대폰 화면이 확 밝아졌다. T의 전화였다. T의 숨은 잔뜩 겁에 질려 거칠게 헉헉대고 있었다. 그의 목소리는 한층 격양되어 있었다. 무슨 일이 생긴 것이다.

"헉. 헉. A, 헉. 나 좆됐어. 씨발... 아무래도 누가 날 꼰지른 것 같아. 그나마 발붙이고 있던 배급소에서도 방금 쫓겨나고, 가지고 있던 돈이고 뭐고 식량이랑 안티제도 다 뺏겼어. 헉. 헉."

"...뭐? 그럼 너 어떡..."

"헉. 헉. 야 너희 집 주소 좀 알려줘."

"... 무슨 말이야."

"아 씨발!! 내가 너 도와줬잖아... 너도 나 한 번만 도와줘. 내 상황 알잖아! 지금 너밖에 없는 거 알잖아!"

"... 그래서 어쩌자는 건데. 지금 우리 집에서 살겠다는 거야?"

"헉. 헉. 당장! 갈 곳이 없다고! 제발... 이 좀비 새끼들 사이에서는 진짜 죽어. 나... 나... 살고 싶어, A."

"나... 동생들 둘 챙기기에도 지금 살림으로는 벅차. 이건 아니잖아, T."

"헉. 헉. 제발... A... 씨발 나 진짜 병 걸리기 싫어..."

"... 오래는 못 도와줘. XX 아파트 X동 X호."

30분쯤 지났을 때, 현관문을 마구 두드리는 소리에 몸을 일으켰다. 문을 열자 사색이 된 T의 행색은 정말이지, 배급소에서 울부짖던 사람들과 똑같아 보였다. 모든 걸 잃은 두 눈에는 낮에 봤던 아이를 향한 냉소도, 내게 거래를 제안하며 반짝였던 욕망도 없었다. 희뿌연 눈동자에는 오로지 살고자 하는 본능 그 이하도 이상도 보이지 않았다. 그는 허겁지겁 안으로 들어와서는 온 집안을 헤집기 시작했다. 오로지 생존 욕구로만 뒤덮인 성인 남성의 모습은 오랫동안 굶주린 짐승이나 다름이 없어 차마 말릴 생각조차 할 수 없었다.

그는 순식간에 내가 마트에서 장을 보고 대충 묶어놨던 비닐봉지를 풀어 그 안 가득히 집 안의 생필품과 음식들을 챙겨 담았다. 잔잔한 숨소리와 거친 숨소리와 비닐과 물건이 부딪히는 소리만 들렸다. 나는 그저 현관에서 멍하니 그런 그와 곤히 자는 동생들을 번갈아 지켜보고 있었다. 마치

이성을 잃은 것처럼 비닐을 가득 채운 그는 나와 눈이 마주치자 멈칫 그 자리에 우뚝 섰다. 그를 마주한 찰나의 그 시간 동안 화나지 않았고 왠지 모를 연민만을 느꼈다. 그의 눈이 살짝 흔들렸다. 나는 아무 말 없이 자리를 비키고는 동생들이 누워있는 이부자리를 향했다. 그는 움직이지 않고 현관을 바라보고 서 있다가 비닐 속에서 챙겼던 방독면들과 정화통을 다시 꺼내 탁자에 꺼내놓았다. 그러고는 집을 빠져나갔다. 집 안 가득 적막이 맴돌았다. 이부자리에 몸을 눕히자 기절하듯 잠이 들었다.

"언니, 일어나봐. 먹을 게 하나도 없어."

L이 내 몸을 흔들어 깨웠다.

"아무것도?"
"응... 이상하네. 아무래도 마트에 다녀와야 할 것 같은데, 내가 다녀올까?"
"아니야, 내가 다녀올게. 집에 있어."

어젯밤일 같은 건 있지도 않았던 것처럼 집은 평소 같았다. 몸을 일으키는데 약간의 빈혈이 느껴졌지만 이내 괜찮아졌다. 옷을 갈아입고 탁자에 있는 방독면을 집어 들었다. 양손에는 장갑을 끼고는 방독면에 얼굴을 집어넣은 후 정화통을 돌려 끼웠다.

"언니 괜찮아? 어디...? 아픈 건 아니지?"

"응 괜찮아. 마트 다녀올 테니까 창문이랑 문 다 걸어 잠그고 있어. 금방 올게."

"알겠어."

현관문을 나서는 뒤로 "조심해, 언니." 하는 L의 말이 들려왔다. 집에서 마트까지는 지름길을 이용하면 그리 멀지 않은 거리였지만, 그 지름길은 낡은 주택가 사이로 나 있는 좁은 골목들을 통하는 것이었다. 그러나 그런 골목은 늘 T가 입버릇처럼 언급하던 '좀비' 떼의 터였다. 차라리 먼 거리를 돌아서 가는 방법을 택하였지, 비감염자들은 그 근처에 얼씬도 하지 않았다. T에 식량을 전부 도둑맞았으나 그것이 급하다고 지름길을 이용하기에는 요 며칠 겪은 날들을 생각하면 역시 너무 위험해 멀리 돌아가는 길을 택했다. 분명 골목길이 아니라 큰 도로가를 선택했음에도 무슨 영문인지 길에는 꽤 많은 좀비가 나와 있었다. 모두들 거리에 앉아 배를 채우고 있는 것이 오늘은 도둑질을 꽤 성공한 모양이었다. 근처 배급소의 직원들이나 그 밖에 단속반들이 돌아다니는 탁 트인 도로에 이들이 아무렇게나 나와 있다는 것은 분명히 이 근처에 뭔가 일이 벌어진 것이 분명했다. 그리고 그 일이 무엇인지 얼마 지나지 않아 두 눈으로 목격할 수 있었다.

빠른 걸음으로 마트와 가까워지는 길목 귀퉁이에서 몸을 돌리자 온몸이 굳어지는 것 같았다. 한 사람이 바닥에 엎어져 있었는데 그것은 말로 표현할 수 없을 정도로 끔찍한 모습이었다. 병에 걸려 죽은 것도, 괴한의 습격을 받은 것도 아니었으며, 바로 옆 건물에서 투신한 것으로 보였다. 그의 주변에는 각종 식량과 과일들이 와르르 쏟아져 굴러다니고 있었다. 좀비 떼들은 너도나도 먹을 것을 주워 담기에 바빴다. 가까이서도 한눈에 담기는 광경에 몸이 떨렸다. 동물의 왕국이었다. 아니, 정말 지옥이었다. 어렵사리 한 발짝씩 떼어내 그들을 지나치려는 찰나 나는 엎드린 사람의 머리에 씌워진 것을 보았다.

'XX 마트'

정신이 아찔했다. 또다시 빈혈이 오는 듯했고, 난 살인자도 아닌데 턱 끝까지 차오르는 숨을 제대로 내뱉지도 못할 정도로 죽도록 도망쳤다. 마트에서는 물건을 어떻게 샀으며 대체 어떻게 다시 집으로 돌아왔는지 기억이 나지 않았다. 머릿속은 아찔한 아침의 장면이 떠나질 않았고, 아무것도 할 수가 없었다. 나를 계속해서 흔들어 깨우는 L의 힘없는 목소리가 들려도 움직일 수가 없었다. 날카로운 물음표들이 날 찔러 죽일 것 같았다. 왜? 우리 집에 찾아와서는 가져갈 수 있는 건 몽땅 다 챙겨 도망쳐놓고 대체 왜? 잡히면 이렇게 될 걸 알면서도 위험한 거래를 계속할 만큼 살고 싶었던 거 아니었나? 다 가져가 놓고 왜 죽은 건데? 왜? 죽은 게 맞나? 제대로 확인했어야했을까? 그렇게 쉽게 죽을 수가 있어? 그렇게나 살고 싶어했던 사람이?

그는 죽는 그 순간까지도 세상을 똑바로 바라볼 수 없었기 때문에 머리에 비닐을 뒤집어쓴 채 몸을 던졌던 게 아닐까. 아니면 아무도 그를 볼 수 없게 숨어버리고 싶었던 걸까. 그날 우리 집에서 나와 눈이 마주쳤던 그

찰나에 그는 어떤 생각을 하고 있었을까. 어쩌면 나의 연민 어린 눈 속에 비친 자기 모습에 환멸을 느껴버린 것일까. 왜 죽은 건데? 왜?

밤이 새도록 물음표들이 나를 찔러 죽일 것만 같았다.

5.

전화벨이 울렸다. 날도 채 밝아지지 못한 시간에 전화벨을 울릴 사람은 엄마뿐이었다. 벌떡 몸을 일으켜 전화기 쪽으로 기어가 수화기를 집어 들었다.

"… 여보세요? 엄마?"

"… A지…?"

"엄마, 엄마 대체 어떻게 된 거야. 얘기는 들었는데, 그래서 지금 어딘데. 여기로 올 순 없는 거야? 아빠는. 아빠는 어디 있는 건데? 내가 혼자 L 이랑 M 지키느라고… 내가 얼마나…! 엄마가 오기 어려운 상황이면, 우리가 갈게. 어딘지 좀 말해봐!"

"… A… 흑…"

수화기 너머의 목소리는 슬프게 흐느끼고 있었다. 것보다 소리 없이 울부짖는 것에 가까웠다.

"... 무슨 일... 있는 거야?"

"아빠... 아빠가... 일을 나갔다가..."

"아빠가 뭐, 왜!!"

"병... 그 병에 걸려서..."

"..."

"죽었어... A... 아빠가 돌아가셨어..."

"..."

"엄마가... 몸이 좀 안 좋아져서 일을... 일을 못 해서 너희 아빠가 일을 나간 건데...... "

"..."

"어떡하니... 어떡하니 A..."

세상은 확실히 지옥이었다. 지옥이 아니라면 이럴 수가 없었다. 세상은 내게 단 한 순간의 행복도 용납하지 않았다. 내 몸 안의 무언가가 밖으로 완전히 빠져나가는 것 같았다. 표정도 감정도 함께 잃었다. 슬픔이 뭔지 잘 모르겠다는 생각이 들었다. 죽음이라는 건 어떻게 해도 와 닿지 않았다. T 가 죽은 것을 두 눈으로 직접 봤을 때, 분명 가슴이 찢어지는 것 같았지만 그렇다고 눈물을 흘리지도 않았다. 아빠의 죽음이라는 것은 그것보다도 와 닿지 않는 일이었다.

"어디야, 거기."

"흐윽... A..."

"애들 데리고 갈게, 엄마 아빠 있는 곳 알려줘."

"A... 여기까지 애들 데리고 오기엔 너무 힘들 거야... 우리는 신경 쓰지 말고 거기서 잘 있어."

"엄마 아빠 살아 있을까 봐. 그래서 악착같이 살아남은 거라고. 무책임한 소리하지 마. 엄마 아빠 죽으면, 다 쓸데없어져. 나는 몰라도 애들은 엄마 아빠랑 같이 살아야 할 거 아니야. 내가 아무리 애들 업고 키웠대도 진짜 부모랑은 달라. 엄마는 엄마잖아. 우리 가족이잖아. 가족이면 같이 있어야지! 세상이 끝나더라도 같이 있어야 가족 아니야?"

"..."

"엄마 몸 안 좋다며. 아빠도 없는데 뭘 어쩐다는 건데. 죽더라도 같이 죽어. 전에 M 아팠을 때 병원에서 받아 놓은 약 몇 가지 있어. 전 재산이든 뭐든 다 걸고 오늘 당장 애들 데리고 갈 테니까, 말해."

"... XX구 XX로 X길 4..."

"알았어. 기다려."

떨리는 손으로 수화기를 내려놓으면 단단하고 이성적이었던 나는 와르르 무너져 내렸다. 어떻게든 엄마가 불러 준 곳으로 동생들을 무사히 데려가야 했다. 남은 건 방독면 세 개와 정화통 두 개. 그리고 안티제 반의 반 병. 주소지까지는 택시를 타면 세 시간 정도 거리였다. 방독면은 동생들에게 주고 난 남은 안티제를 쓴다. 당연히 알았다. 터무니없는 계획이라는 것. 안티제의 효력이 딱 두 시간 반이었으니. 택시를 타려면 당장 돈이 더 필요했다. 노트북과 휴대폰을 팔아넘겨 여윳돈을 구한 후 택시를 탈 수 있었지만, 도착도 전에 내 안티제의 효력은 다 할 것이었다. 아무래도 결과가 정해진 여정이었지만, 내가 할 수 있는 최선이었다.

"언니..."

"... 어... 깼어?"

"... 엄마한테 무슨 일 생긴 거지"

"... 오늘 우리 가야 해. 엄마한테."

"우리... 부족하잖아. 정화통."

"괜찮아, L. 안티제 아직 남았어."

"... 언니 우리... 갈 수... 있을까?"

"내가 무조건 데리고 갈 테니까 걱정하지 마. 준비하자. M 깨워줘."

나는 방에서 노트북을 챙겨 나왔고, L은 M을 깨워 함께 나갈 채비를 시작했다. 언제 마지막으로 썼는지 기억도 나지 않는 배낭을 붙박이장에서 꺼내 남은 음식들과 여분의 옷가지들을 집어넣었다. 일단 노트북을 파는 게 먼저였다. 방독면을 쓰고 노트북을 옆구리에 끼웠다. 근처 배급소를 찾아가면 이러한 물건을 팔 수 있는 천막도 한쪽에 있었는데 노트북과 같은 것들은 아무래도 어느 정도 값을 받아낼 수 있었다. 다녀와서 바로 출발할 수 있게 준비하라고 일러두고는 자전거에 몸을 태워 길을 나섰다. 어느새 날은 밝아져 있었다. 물건 값만 받으면 되는 일이었으므로 T가 일하던 곳보다 더 가까운 배급소로 향했다. 도착하자마자 거래소 천막을 보면 이른 시간에도 몇몇 사람들이 값나가는 물건들을 한두 개씩 들고 줄을 서 있었다. 휴대폰과 금전적인 동아줄이었던 노트북을 팔아야 한다는 게 쉽지 않았으나, 줄곧 타인을 위한 희망만을 전하던 것이 인제야 진정으로 내게 가족을 지킬 수 있는 길에 제대로 된 역할을 하는 것이라 여기기로 했다. 그렇게 그것은 내 손을 떠났고, 빈손에는 돈뭉치가 들렸다. 그러나 예상치 못

한 액수였다. 여윳돈에 한 참 못 미치는 금액이었다.

"잠시만요. 이게 전부예요?"

"학생 물건에 딱 맞게 줬는데, 제대로 세어는 봤어?"

"이 정도로는 안 돼요. 분명 지난번에 왔을 때, 제가 팔 생각도 없었을 때 이것보다 더 큰 액수를 부르셨잖아요."

"...자전거."

" "

"자전거를 팔어. 그러면 돈이 얼추 맞겠구먼."

"... 이건... 알... 알겠어요. 자전거... 팔게요."

자전거를 넘기고 추가로 받은 지폐는 인제야 딱 맞아떨어졌다. 빈털터리 신세가 되었다. 이제 두 동생을 빼면 더 이상 잃을 게 없었다. 자전거를 팔아버렸으니, 다시 돌아가는 것은 내 두 다리에 의존해야 했다.

시간이 얼마나 흘렀을까. 다리가 부서질 것 같은 아픔과 함께 다시 집에 도착했다. 최근엔 아무도 살지 않았던 것처럼 깔끔해진 집, 그리고 집을 나설 채비가 끝난 두 동생이 있었다. 집 안으로 들어와 방독면을 벗어 L에게 건넸다. M에도 탁자 위에 남겨진 나머지 중 하나의 방독면을 쓰게 했다. 그리고 나는 또다시 응급 구급함에서 일회용 주사기와 남은 안티제 병을 꺼내 들었다. 남은 안티제 전부를 내 팔에 놓았다. 주사를 놓은 곳에 곧바로 피멍이 들었다.

"자, 시간 없어. 나가자."

그 시간부로 안티제가 나를 보호해 줄 수 있는 것은 단 두 시간 반 뿐이었기에 애들을 엄마가 있는 곳까지 무사히 도착할 수 있게 하기 위해서는 한시가 급한 상황이었다. 짐가방을 하나씩 들고 아파트를 빠져나온 우리는 큰 도로가로 뛰었다. 택시 승강장은 큰 대로변에 있었다. 갑자기 뜀박질을 해서인지 또 어지러웠다. 조금 있던 두통이 조금 더 심해지고 있었다. 택시 수요가 적다 보니 운행하는 택시가 많지 않아서 혹시라도 늦어질까 걱정했지만, 다행히 정차해있는 택시가 있었다. 무슨 일인지 운이 좋았다.

"기사님. XX구 XX로 XX길 4로 가주세요."
"선불, 돈 있어요?"

어린 두 동생과 함께 온 앳된 성인을 본 기사 아저씨는 아무래도 꺼림칙할 수밖에 없기는 했다. 택시비를 감당할 만한 손님으로 보이지는 않았을 것이다. 기분 나쁠 수도 있는 말이었으나 그런 걸 생각할 겨를이 없었다. 일단 택시 뒷문을 열어젖히고 짐을 밀어 넣은 후 동생들을 모두 태웠다. 그러고는 아저씨 손에 돈뭉치를 건넸다.

"여기요. 빨리 좀 가주세요."
"뭐 대충 액수는 맞는데...... 학생은 방독면도 없이......"

여전히 의심이 가득한 아저씨의 눈앞에 새파란 피멍이 물든 팔을 걷어

보였다.

"안티제 맞았어요. 빨리 출발이요."

그제야 아저씨는 시동을 걸었고, 나도 조수석에 올라탔다. 됐다. 이 정
도면 성공한 것이나 다름없으니까. 한숨을 깊게 내쉬니 급하고 불안했던
마음도 한시름 가라앉았다. 동생들을 확인하려 뒷좌석 쪽으로 몸을 돌리
면 별다른 표정 없는 L과 그저 엄마를 보러 간다는 사실에 잔뜩 들떠 있는
M이었다. L은 M을 끌어안고 나를 바라보았다. 금방이라도 울 것만 같은
눈을 하고 있었다. 나는 웃어 보였고, 그런 나를 보고는 그저 더 꽉 M을 안
는 L이었다. 나는 그녀의 그런 행동이 무언의 위로로 느껴졌다. 내가 없어
도 어린 동생을 꼭 놓지 않으리라는 말을 눈빛으로 보내는 것 같았다. 더
이상 L은 어린 동생이 아니었다. 말없이 언니의 마음을 어루만질 줄도 아
는, 어른이 되어가는 중인 L이었다.

6.

지끈. 두통이 심해졌다. 요 며칠 갑작스러운 일들이 엎친 데 덮친 격으
로 나를 괴롭혔던 탓이겠지. 두통이 심해지니 식은땀이 조금씩 나기 시작
했다. 약간 더워짐을 느껴 겉옷을 벗었다. 옆에서 부스럭거리는 게 신경이
쓰였는지 아저씨가 말을 건넸다.

"안 추워요?"

"차 안이라 그런지, 좀 더워서요."

"... 그래요?"

아저씨는 고개를 갸우뚱했다.

"큰 누나... 추워..."

"이거 덮고 있어. 누나 좀 더워서."

　지끈. 두통 때문에 자꾸만 찡그려지는 얼굴을 감추고 벗었던 겉옷을 뒷좌석으로 넘겨주고는 한 손으로 이마를 짚고 창문에 기댔다. 안티제의 약효는 이제 한 시간도 남지 않았다. 택시가 달린 시간이 길어질수록, 엄마와 가까워질수록, M의 표정은 기대에 가득 찼고 반대로 L의 표정은 점점 더 어두워졌다. 나는 몸을 창 쪽으로 기울여 기댄 채 둘을 외면하고 있었다. 사실 엄마를 만나도 상황이 나아질 것은 없었다. 엄마는 몸이 좋지 않은 상태니 오히려 돌봄을 받아야 하는 상태였고, 아빠는... 이제 세상에 없는 사람이었으니. 약효가 다 떨어지더라도 일단은 끝까지 동생들을 엄마한테 데려다 줄 것이었으나, 만약 그 와중에 감염이 된다면. 내가 해야 했던 모든 것은 그대로 L의 몫이 되는 것이었다. 엄마를 만나면 모든 게 해결될 것처럼 웃는 M도, 내 몸 안의 안티제의 효력이 얼마 남지 않았다는 것을 아는 L도 외면하고 있는 것이었다. 두통이 멈추질 않았다. 어지러웠다. 잠깐 눈을 좀 붙여야겠단 생각이 들었다.

"학생... 학생...!? 괜찮은 거 맞아?"

"... ㄴ... 네?"

"왜 이래. 혹시 어디 아픈 거 아니야?"

"하... 아니에요. 저 괜찮... 아요."

"안티제 맞은 거, 정말이지?"

"... 보셨잖아요. 피멍."

"... 이것 참... 그러게 왜 이렇게 땀을 흘리면서... 기절한 것처럼..."

"... 지금... 시간이 얼마나 됐어요...?"

"곧 있으면 도착하니까. 출발한 지 세 시간 다 돼가지."

"... 벌써... 세 시간..."

이미 안티제의 수명은 다했다. 내가 잠든 사이에 그 효력이 다한 것이다. 창밖으로는 낯선 동네의 모습이 펼쳐지고 있었다. 우리 동네보다는 확실히 낡은 건물들과 길들이었다. 종종 눈에 띄는 사람들의 행색도 우리 동네 좀비들보다도 나쁜 것 같았다. 머리는 계속 울리고 있었고, 언제부터였는지 목이 잔뜩 부어올라서 말하기도 힘이 들었다. 나쁜 징조였다. 너무나도 나쁜 징조.

"뭐야. 이거. 길을 막아 놨네."

감고 있던 눈을 살짝 떠보니 정면으로 난 오래된 도로가 더 이상 갈 수 없도록 봉쇄되어 있었고, '차량 진입 금지'의 팻말이 보였다. 엄마가 있는 마을 안으로는 차가 전혀 들어갈 수 없었다. 아저씨는 어찌할 도리가 없으니 내려서 걸어서 가라고 했다. 얼마나 걸어야 할지 알 수 없었다. 목적지

바로 앞까지 택시를 타고 이동할 수가 없다는 건 또다시 내가 죽음과 가까워졌다는 것이었다. 아무래도 상태가 좋지 않은 몸을 이끌고 택시에서 내렸다. 짐가방을 열어서 옷가지 중에 얇은 것 하나를 대충 꺼내 코와 입을 막고 묶었다.

"언니. 언니 괜찮…"
"켁… 얼른 가자."

나를 부르는 L의 말을 무시하고 봉쇄된 길옆으로 난 사람 통행 길로 앞장섰다. 동생들은 나를 뒤따랐다. 앞이 점점 흐릿해져 가고 있었고, 마른기침을 계속하던 목은 더욱더 부어올라 숨 쉬는 것도 버거워지고 있었다. 대체 언제부터 이렇게 된 것인지 짐작이 가지 않았다. 배급소의 어린아이가 날 붙잡았을 때? 정화통을 도둑맞았을 때? 아니다. T가 집으로 찾아 와 도둑질했을 때? 그땐 그와 접촉을 한 것도 아니었는데. 대체 언제부터 이랬던 건지 혼란스러움에 시야만큼이나 정신도 혼미해졌다. 정신 차리자. 아직은 안 된다.

"언니. 저기인 것 같아. XX길 4… 언니 다 왔어! 정신 차려!"
"괜찮… 아. M… 손 잘 잡고 오고 있…지? 켁…"
"언니… 괜찮아…?"

혼미해지는 정신을 애써 잡으면서도, 휘청이는 내 팔을 붙잡아 부축하려는 L의 손을 강하게 뿌리쳤다.

"... 만지! 지마......"

"... 언니......"

"가."

"누나 왜 그래? 큰누나 왜 그래?"

"켁...켁..."

코와 입을 꽉 조여맨 옷자락이 빨갛게 젖고 있었다. 한 손으로 코와 입을 틀어막고 고개를 푹 숙였다. 아직. 아직 안 된다. 정신 차려야 한다. 이미 반쯤 풀려버린 눈에 힘을 주려고 노력했다. 살짝 고개만 돌려도 사람들이 보였다. 타지에서 식량을 가득 들고 위태롭게 걷고 있는 이 일행은 그들에게 가장 좋은 타깃이었다. 절대 안 된다. 내가 정신 차리지 않으면, 코앞에서 동생들이 다칠 수도 있다.

"언니!"

"큰누나!"

"켁... 후... 괜찮아..그니까... 가자. 다 왔어."

천천히 비틀거리는 몸을 움직여 발걸음을 옮겼다. 죽는 한이 있더라도 동생들을 엄마 집 안까지 들여보내야 했다. 그게 내가 해야 할 일이었다. 이제는 동생들보다 뒤처져서 끊임없이 나를 향해 돌아보는 내 작은 희망들의 등을 떠밀고 있었다.

마침내 집 앞에 다다랐고, L은 엉엉 소리치고 울면서 문을 마구 두드렸다. 오는 내내 환하게 웃던 M의 눈에서도 방울방울 소리 없이, 하염없이 떨어지고 있었다.

"엄마!!!! 엄마!!!!! 문 좀 열어봐!!!! 엄마 빨리!!!!! 언니가!!! 언니가!!!!!"

문이 열렸고, 나는 바닥에 쓰러졌다. 마지막 온 힘을 다해 눈을 떠 문 쪽을 바라보았다. 잔뜩 마른 엄마가 L과 M의 손에 이끌려 달려 나오고 있었다. 천천히 눈을 감았다 떴다 했다. 모두 날 보고 울고 있었지만, 나는 마지막 힘을 다해 미소를 지어 보였다. 그러고는 고개를 천천히 저었다.

오지 마요. 엄마는 자리에 멈춰 서서 나에게 달려오려는 L과 M 붙들고 막았다. 둘을 붙든 가녀린 팔이 파르르 떨렸다.

"콜록... 콜록...켁..."

숨이 겨우 붙어 있는 그 잠깐 드디어 나는 내가 살아있음을 느꼈다. 사는 내내 몇 년을 앓았던 우울증이 무색하게, 죽기 직전 나는 삶이라는 것을 느꼈다. 오로지 죽지 않기 위해 변해버린 T는 그 두려움으로부터 자유로워졌다. 오로지 내 가족을 지키겠다는 마음 하나로 사는 것 같지도 않은 삶을 살아왔던 나는 진정으로 사는 게 무엇인지 온몸으로 느꼈다. 그저 살아남기도 힘들 지옥에서 난 매 순간 죽었다가도, 결국 진짜로 살았던 것이었다.

그렇게 나는 너무나도 살았다가, 죽는다. 됐다, 이제.

작가 소개

부티티투아

베트남 출신이며 2018년에 한국으로 유학을 왔다. 1년 동안 고려대학교 어학당에서 6급 반까지 다니며 토픽 5급을 따서 2019년 서울시립대학교 국어국문학과에 입학하였다.

3.
나는 코로나 시대를 지나갔다!

20xx년 1월, 새롭게 발생한 오메가라는 코로나바이러스 때문에 확진자가 폭증하면서 사회적 거리두기가 또 시작이라는 뉴스가 나왔다.

이전의 전염병과 달리 이번 코로나 질병은 멈출 기미가 보이지 않고, 또 계속해서 예측할 수 없는 새로운 변이를 낳고 있다. 2년 동안 총 16개 변종을 일으키면서 이 전염병은 정치, 경제, 건강에 이르기까지 전 분야에서 세계적으로 많은 어려움을 가져다주었다.

그렇다면 코로나19 이후 사회는 어떻게 변화할까. 코로나19의 사회경제적인 영향은 이 사태가 얼마나 빨리 종결되느냐에 달려있다. 즉, 백신과 치료제 개발 시기에 사회경제적인 영향의 크기가 달려있는 것이다. 백신 개발에는 임상시험과 같은 안정성 검증 기간이 필요한 만큼 단기간에 개발될 가능성은 매우 낮아 보인다. 2003년 발병한 같은 코로나 계열 바이러스인 사스에 대한 백신이 아직 나오지 않은 것을 통해서도 짐작해 볼 수 있다. 코로나19로 인한 사회경제적 영향은 시간이 지날수록 확대되면서 경제위기가 지속될 가능성이 높다.

오후에 온라인 수업을 마치고 바로 알바를 하러 갔다. 베트남에서 유학을 온 나는 이렇게 열심히 살아야 유학 생활을 감당할 수 있다. 부모님께 지원받기 싫기도 하고, 나는 이제 성인이 되었으니까 내 인생을 스스로 챙겨야 한다.

학교는 2년째 비대면 수업을 하고 있는데, 재미가 하나도 없어서 학업 성취도가 높지도 않고 지식도 많지 않은 나는 그 어느 때보다 대면 수업을 원하고 있다. 하지만 인생은 항상 원하는 대로 되지 않는다. 새로운 코로나 바이러스인 오메가라는 변종으로 인해 사회적 거리두기가 연장되었기 때문에 언제쯤 예전처럼 학교에서 공부할 수 있을지 막막하다. 정말로 이렇게 나의 대학 시절이 끝나는 걸까?

코로나가 다시 퍼지고 사회적 거리두기가 연장되면서 거리는 다시 조용해졌다. 보도에 사람도 별로 없고, 있어도 드문드문 하나 두 명의 사람들만이 마스크 단단히 쓴 채 서둘러 걷고 있을 뿐이다.

코로나 발병 이후 공공장소에 갈 때마다 항상 마스크를 착용해야 한다. 지하철이나 버스에서 마스크 미착용 문제로 말다툼하는 사례도 많았다. 마스크는 모든 사람의 일상생활에 없어서는 안 될 필수품이 되었으며, 희소 상품이 되면서 가격도 코로나 확산 전보다 몇 배나 오르게 되었다. 그래서인지 내가 알바하는 식당 옆 약국에는 의료용 마스크를 합리적인 가격에 사기 위해 줄을 많이 서는 경우가 많다. 예전에는 사람들이 고기를 먹으려고 우리 식당 앞에 길게 줄을 서서 기다렸었는데 지금은 반대로 마스크를 사려고 줄 서 있네? 이런 때는 상상도 못 했다.

"사장님 안녕하세요! 저 왔습니다."

"어...! 어서 와... 일찍 왔네?"

기쁘지 않은 목소리로 사장님이 답했다.

왜 그런지 알 것 같다. 예전에 비하면 손님이 너무나 많이 줄어서 사장님 기분이 안 좋을 수밖에 없다. 항상 밝고, 잘 웃는 사장님 모습이 보고 싶다. 1년 넘게 장사가 잘 안돼도 계속 버텨오던 사장님이 이젠 뭔가 지쳐 보인다.

"저 항상 일찍 오잖아요. 울 예쁜 사장님! 오전 장사 잘되었나요?"

좋은 분위기를 만들기 위해 나는 긍정적으로 대답했다.

"잘 되었겠니... 옷 갈아입고 나와! 잠깐 얘기하자...!"

뭐지? 뭘 얘기하지? 설마 장사 안돼서 나를 자르시는 거 아님??? 아니야. 내가 일 열심히 하고 오래 했으니까 그럴 일은 없을 거야. 유니폼을 갈아입고 사장님 앞으로 갔다.

"앉아. 한나야!"

"사장님, 하시고 싶은 말씀이 뭐예요?"

"너도 코로나 터진 후부터 장사가 너무 안되는 거 잘 알고 있지!? 예전에 손님이 얼마나 많았는지... 홀 3명에 주방 3명인데... 이제 더 이상 버틸 수 없어서 몇 달 전에 직원 많이 줄였잖아. 그래도 너를 꼭 끝까지 데리고 가고 싶거든."

"네... 그건 저도 잘 알고 있죠." 내가 대답했다.

"응... 근데 그랬는데도 너무 힘들다 한나야~ 계속 적자야! 어휴. 사람을 줄였는데도 지금 몇 달째 적자다..." 사장님 눈이 축 처졌다.

"어떻게 하죠? 사장님, 저도 이 상황 잘 알고 있어요. 예전에는 홀 3, 4명까지 해도 손님이 많아서 정신없게 했었는데... 예전엔 활기 넘치게 일했었는데 이제 저 혼자여서, 그리고 손님도 없어서 제 기분도 좋지 않아요... 코로나로 사회적 거리두기 정책 때문에 1 테이블에 2명 넘게 받으면 안 돼서 매출에 영향을 많이 준 것 같아요."

"응... 그래서 말이야, 내가 한 가지 이야기할 게 있는데 혹시 들어 줄 수 있니...?" 사장님이 신중하게 말하며 나를 바라본다.

"네!! 말씀하시죠." 느낌이 너무 안 좋은데... 내 가슴이 방망이질한다.

"흠 그래서 내가 생각을 많이 해봤어. 그냥 문 닫아버릴까 그런 생각도 들었거든... 근데 나중엔 상황이 좋아지겠지 싶어서 일단 계속 장사해볼 건데, 너뿐만 아니라 주방 직원도 이제 근무 시간을 줄여야 내가 상황 좋아질 때까지 버틸 수 있는 것 같은데... 일단 너희들 출근 시간을 1시간 늦게 출근시킬 생각이야. 정부에서 식당 장사를 밤 9시까지 제한시켜서 마감 시간은 똑같이 하구. 네 생각은 어떠니...?"

나는 어떡하지? 산 넘어 산처럼 삶이 너무 힘드네!! 원래는 자정까지 일해서 월급으로 생활비, 학비까지 감당할 수 있었는데... 이젠 9시까지 밖에 일을 못 해서 월급도 많이 줄었지, 요즘 아끼면서 생활하느라 요것조것 사지도 못하지, 이제 또 출근 시간까지 늦춰진다니...

사실 한동안 야간 알바를 찾아봤었는데 이렇게 코로나가 심한 상황에서는 알바 찾기도 어느 때보다 어렵더라. 혼자 한국에 유학을 와서 부모님

지원도 받지 않고 지난 3년 동안 잘 생활해왔는데 이 시기는 가장 어렵고 힘들다. 온라인 공부도 재미없고... 이젠 알바까지도...

"사장님... 그러면 이제부터 3시간밖에 일을 못 한다는 말이죠?? 휴... 나는 이제 생활비를 어떻게 감당하죠..." 속상한 마음으로 내가 대답했다. 잘리지 않으면 된다. 몇 달만 아껴서 생활하고 상황이 좋아지면...

"일단 두 달만... 두 달 후에는 상황이 좋아질 거야. 확신해. 이제 사람들도 80%나 백신을 맞았고, 두 달 후에 코로나 특효약도 나온대. 그때가 되면 다시 잘 될 거야. 그때까지만 버텨주라..."

"네... 어쩔 수 없죠... 사장님도 힘내세요..."

저녁 8시.

"손님 없다. 한나야! 밥 먹자." 주방 오빠가 소리를 친다.

나는 밥상을 준비했고 주방 오빠는 된장찌개를 한 뚝배기를 들고 나왔다. 밥을 첫입 먹으면서 주방 오빠가 말을 꺼냈다.

"요즘 코로나 때문에 생활하기가 아주 힘들다. 그치? 오빠도 그래. 그런데 하루에 확진자가 몇 만 명씩 나오는데 왜 내 주변에서는 걸린 사람을 한 번도 못 봤지? 넌 봤어?"

"아뇨!! 저도 한 번도... 근데 오빠 요즘 힘들어 보인다."

주방 오빠는 원래 말이 제일 많고, 활발하고, 웃기도 잘하는 사람인데 이제는 피곤한 기색이 보인다. 여기서 오빠가 나한테 가장 잘해주는 사람이고, 제일 친한 사람이며, 나를 많이 도와주는 사람이다. 오빠가 있어서 마음이 든든하다. 그렇지만 왠지 오늘은 마음이 불안해진다. 곧 오빠가 떠날 것 같은 느낌이 든다.

"음... 오빠가 얘기해줬었잖아. 울 아빠가 돌아가실 때부터 내가 집안일부터 엄마, 동생들까지 챙겨줘야 해서 돈을 잘 벌어야 한다고 했지...? 그런데 우리 가게는 예전처럼 장사가 잘 안돼서 이제 오빠 월급으로 다 감당을 못해... 오늘 너도 사장님 얘기 들었지? 근무 시간 또 줄인다고 하셨잖아. 그래서 오빠가 더는 못 버티겠다..."

"그럼 그만두려고 한다는 거예요? 여기 그만두면 뭘 하려고요...?"

"오빠도 많이 생각해봤어. 오빠는 학위도 없는 사람이라서 어차피 좋은 데는 못 가! 그래서 배달 일 하려고. 요즘 배달하면 돈 잘 벌어."

맞네!! 신종 코로나바이러스 영향으로 배달 주문이 급증하면서 새롭게 배달을 요청하는 식당이 계속 늘고 있다는 것은 뉴스에서도 많이 나온 사실이다. 이런 상황에서 배달 기사가 많이 부족하니까 배달 일을 하면 월급을 많이 받을 수 있겠다.

10시 10분.

일이 끝나고 집에 도착했다. 오늘은 유라가 벌써 왔다. 나랑 같이 사는 애. 유라도 나랑 같이 유학을 와서 지금 대학교 2학년이다. 첫해는 대면 수업으로 재미있는 캠퍼스 생활을 하다가 갑자기 코로나가 터지면서 2학년에는 비대면으로 공부하기 시작했고, 유라도 공부에 정신이 다 나가버리고 이젠 지루하다고 했다. 첫해에는 공부를 얼마나 열심히 했는지 장학금까지 받았다. 그때 유라는 행복해 보였고 자기 자신을 자랑스러워하는 듯했다. 그때는 그를 동경했었고 부러워하기도 했었지.

그렇지만 비대면 학습이 시작하고부터 유라의 공부하려는 열망은 보이지 않았다. 이런 식으로 공부하면 의미가 없고, 재미도 없고, 얻은 지식도 하나도 없다고 했다. 유라는 휴학해서 코로나 상황이 좋아질 때까지 고향에 돌아가 있으려고 했었는데, 나와 가족의 조언으로 지금까지 참아왔다. 결국 유라는 지금처럼 우울하고 지쳐 보이는 애가 되었다.

"근데 오늘 왜 이렇게 일찍 왔어?" 원래 유라는 배달 식당에서 알바해서 거의 새벽에 집 도착하는데 오늘은 일찍 온 게 좀 이상했다.

"나 오늘 중간에 너무 힘들었나 봐. 쓰러져서 좀 일찍 퇴근시켜주셨어~"

"뭐라고? 왜 전화 안 했어. 그럼 집은 어떻게 왔고? 지금은 몸이 어떤데?"

"사장님이 차로 데려다주셨어. 당이 떨어졌나 봐. 단 거 먹고 괜찮아졌어. 지금은 그냥 조금 힘들 뿐이야."

"어떡하지... 밥을 잘 안 챙겨 먹어서 그런 것 같은데... 우리 너무 아껴서 살았나...? 내가 밥할게. 좀 누워서 쉬어."

사실 나도 가끔 그랬었다. 나는 때로 어지러움을 느꼈다. 코로나 때문에 아껴서 생활하기로 했을 뿐이었다. 그런데 너무 무리했나 봐...

돈을 절약하려고 한 달 동안 고기도, 야채도, 과일도 많이 안 사곤 했다. 어떤 날에는 그냥 밥 한 공기와 계란 하나면 끝이었다. 계란값조차도 예전보다 3배나 가격이 올랐다. 코로나 시기 동안 사람들은 종종 식품을 미리 구매하는 경향이 있었고, 식품에 대한 수요가 너무 높아서 생산이 인간의 수요를 따라갈 수 없기 때문에 그런 것 같았다.

마스크도 마찬가지로 소비자 수요가 너무 높아서 빠른 생산이 불가능하기 때문에 몇 배나 가격이 인상되어 돈이 많아도 마스크를 사는 게 힘든 상황이었다. 그래서 최대한 돈을 아껴 쓰려고 노력했는데 건강에 신경을 안 쓰는 바람에 결국 오늘 유라가 쓰러진 것이다.

이 시기에는 건강을 잘 안 챙기면 더 심각한 문제가 생길 수 있으니 이제부터는 건강을 무조건 1위로 생각하자고 우리는 다시 결심했다. 건강해서 면역력을 가져야 코로나를 피할 수 있지...

밥을 하려고 했더니 뭐가 없네? 유라가 아파서 뭐라도 해주고 약을 먹여야 하는데 음식이 다 떨어졌다. 그래서 집 근처에 있는 마트에 갔다.

와... 뭐지? 계란 한 판에 구천 원이라니... 계란이 원래 제일 싸고, 요리하기도 편하고, 제일 빨리할 수 있어서 계란을 사러 온 건데 거의 두 배가 올랐네. 야채와 과일은 코로나 전도 아닌 일 년 전에 비해 적게는 1.5배, 많게는 3배 이상 뛰어서 이젠 정말 장보기가 무서워졌다. 코로나 이전엔 오만 원을 가지고 보던 장을 설상가상으로 이젠 십만 원은 있어야 볼 수 있다. 먹거리 가격이 이렇게 뛰어버리면 부자가 아닌 이상 한숨이 나온다.

베트남 식당에서 친구들을 만나고 이틀 후.

베트남 식당에서 친구들을 만난 건 오랜만이라 즐거웠다. 고향 친구들을 만나서 마음을 털어놓을 수 있어 좋았지만, 그만큼 가족도 더 많이 그리워졌다. 코로나가 확산된 후 가족을 만나러 가지 못 한 지 2년이 되었다. 이대로 계속 간다면 언제쯤 가족을 볼 수 있을까?

지금은 완전히 가지 못 하는 것은 아니지만, 가는 것이 너무 어렵고 힘들다. 비행기표도 많이 없지, 비싸지... 코로나 전보다 가격도 거의 4배, 5배 올랐고 비행기를 타려면 이런저런 인증서가 있어야 한다. 코로나 검사 결과도 음성으로 나와야 하지, 귀국하면 2주 동안 격리되지, 격리가 끝나면 또 코로나 검사를 해야 하지... 시간이랑 돈만 낭비한다. 예전보다 너무 복잡하고 힘들다.

나는 가족이 보고 싶지만 참았다. 이런 상황이 언제 끝날지는 모르겠지만 조금만 더 버티자. 굳은 마음을 먹었다. 아무리 무서운 바이러스라도 언젠가 없어지겠지, 아니면 인간이 언젠가 코로나를 통제할 수 있겠지 생각하며 나 자신을 위로한다.

그런데 오늘 갑자기 목에 따가움이 느껴진다. 머리도 좀 아픈 것 같은데? 코로나가 터진 이후로 이런 느낌을 받은 적이 없는데... 이게 바로 코로나의 증상이 아닌가...? 코로나가 확산된 이후로 한 번도 동선이 겹친 적도 없었고, 크게 아픈 적도 없었기 때문에 무증상으로 걸렸다가 나은 거 아니냐고 장난까지 칠 정도로 코로나 확진은 남 얘기처럼 생각했었는데...

약국에서 구입했던 자가 키트로 검사해보니 두 줄이 나왔다. 코로나 양성이다. 너무 당황해서 잠시 생각이 멈췄다. 일단 더 확실하게 알기 위해 PCR 검사를 받으러 선별검사소에 가면서 며칠 전에 만났던 친구들에게 문자를 보내고 사장님께도 먼저 말씀드렸다.

오메가는 그리스 알파벳의 마지막 글자이다. 세계보건기구가 이 새로운 코로나 변종 바이러스에 오메가라는 이름을 붙인 이유는 전 세계적인 전염병을 일으키는 코로나바이러스의 마지막 변종이 되기를 바라는 마음에서라고 했다.

신문에서 읽어본 바로는 오메가는 이전 변이들처럼 심각한 증상을 발현시키지는 않지만, 확산 가능성이 다른 변종보다 500배 높다고 한다. 그래서 같은 공간에서 환자와 2m 이상 떨어져 있어도 쉽게 감염될 수 있다.

내가 베트남 식당에서 감염되었다는 것은 구십 퍼센트 확신한다. 최근에 사람이 많은 곳에 갔던 게 거기뿐이기 때문이다. 아마 친구들도 확진되었을지 모른다. 그래서 그때 만났던 친구들한테 알려주고, 알바 사장님한테도 그리고 유라한테도...

신문에서 기침, 인후통, 콧물, 재채기, 피로, 두통, 근육통, 미각 감소, 후각 감소, 호흡 곤란 및 위장 장애와 같은 증상이 나타날 수 있다고 했다. 증상의 존재와 중증도는 백신을 접종한 사람의 항체 생산 수준에 따라 달라진다고 한다. 그래서 백신 2회 접종을 완료한 나는 증상이 아주 경미한 거구나... 그냥 두통과 목이 따갑고 어깨 통증은 약간 있는?? 느낌이다. 그래서 처음에는 감기 증상인 줄 알고 그냥 지나칠 뻔했다.

현재 이 변종은 가장 강하고 확산 속도가 높은 변종이라 한다. 지금까지 오메가 변종은 전 세계 거의 모든 국가에서 발견되었고, 감염자 수는 수백만 명에 이른다. 한 국가에서는 하루 만에 확진자 수가 수십만 건에 이르고 있다. 계속 이런다면 정말 끝이 안 보이겠다...

고향인 베트남에서도 정부가 사회적 거리두기와 봉쇄를 하는 등 질병 확산 방지를 위해 최선을 다했지만, 이번 오메가 변종의 확산을 피할 수 없었다. 이전 변종들이 퍼졌을 때 우리나라는 좋은 방역 대책, 그리고 좋은 경험을 쌓아 왔지만, 이번 오메가 변종의 강력한 확산에는 이전 방역 정책이 완전히 효과가 없었다. 확진자가 계속해서 10배, 110배가 되고, 줄어들 기미도, 멈출 기미도 보이지 않는다.

오메가는 시민들이 백신 접종을 거의 완료한 후에 나타났지만, 기저질환이 있는 환자, 자가면역질환, 면역이 저하된 사람들에게는 여전히 중환자실이 필요한 심각한 질병이다. 심지어 사망할 위험도 존재한다. 나는 두렵지 않은데 고향에 계신 부모님, 할아버지 할머니가 걱정된다.

우리 부모님은 감염되기 매우 쉬운 일을 하고 계시고, 우리 할아버지 할머니는 늙으셨고, 노인들은 일반적으로 젊은이들보다 면역 체계가 훨씬 약하다. 우리 가족이 오메가 변이를 이겨낼 수 있기를 기도할 수밖에 없다.

부모님에게 코로나에 걸렸다고 전화를 걸어야 하나 고민이 됐다. 내가 아픈 게 부모님께 많은 영향을 미치기 때문에 걱정이다. 이전 변이가 발생했을 때도 부모님이 많은 영향을 받았었다.

코로나 발병 이후에 관광업 다음으로 가장 큰 피해를 본 것은 요식업이다. 질병의 확산을 줄이기 위해 정부는 사회적 거리두기 명령을 내리고 감염자가 있는 지역을 봉쇄한다. 바이러스 확산 방지를 위해 사람 간 접촉을 최소화하려는 방침이다. 이때 한국에서는 식당을 9시까지 열 수 있지만 우리나라에서는 완전히 문을 닫아야 한다. 우리 부모님은 안정적인 사업을 하고 계셨는데 불행히도 코로나 확산 이후부터 오르락내리락했다. 베트남에서는 동네에 확진자 1명만 발생해도 바로 사회적 거리두기에 따라 음식점은 반드시 문을 닫아야 한다. 이게 반복되다 보니 손님들이 많이 줄었고 손해도 많이 생겼다. 이전 코로나 확진자 발생 때 부모님이 나한테 전화했던 게 생각났다.

"딸, 거기에서 잘 지내지?"

"네, 걱정하지 마… 우리 동네는 안전해. 확진자도 없고. 난 괜찮아.!!"

"음 그럼 다행이네... 요 동네에는 확진자 한 명이 발생했어..."

"아이고... 그래서 어떻게 됐어...?"

"가게는 또 닫아야 한대. 동네 밖으로 나가면 안 되고... 진짜 힘들다... 이 전염병 때문에..."

"힘내요. 어쩔 수 없지 뭐... 부모님 건강이 더 중요해요. 돈은 나중에 벌어도 되구..."

"우리는 돈을 버는 데는 큰 관심이 없어... 문제는 봉쇄 때문에 밖으로 나갈 수도 없으니 감옥 느낌이 나서 그렇지... 진짜 지친다..."

"뭘 나가요. 걸리면 어떡해. 그냥 집에 계세요... 그냥."

"알겠다. 너무 우울해서 그래... 너희 언니와 조카들이 바로 옆에 있는데도 몇 달이나 못 봤잖아..."

우리 언니는 옆 동네로 시집을 갔다. 그런데 코로나 때문에 몇 달간 우리 부모님을 보러 오지 못했다는 것이다.

"조금만 더 참아요. 상황 좋아지고 봉쇄령 해제되면 그때 볼 수 있을 거야."

그런데 갈수록 코로나 상황이 더 심각해지기만 한다. 베트남에서는 하루에 몇 십만 명씩 확진자가 나온다는 소식이 들려온다. 정말 이번 변종을 무시하면 안 되겠구나. 원래 베트남이 방역을 잘하는 국가라고 거론되었는데 이번 새로운 변종 앞에서는 졌다. 방역 대책이 효과 없는 건가? 사람들 의식 문제인가, 아니면 이 변종이 너무 강하기 때문인가? 아마 이번 변종의 확산 속도가 모두가 상상할 수 없을 정도로 너무 빨라서 준비했음에도 불구하고 충분히 준비되지 않았고, 이 모든 것을 예상하지도 못했을 것이다.

그런데 베트남의 코로나 예방과 관련하여 들을 수 있었던 소식 중에는 "행정과 전염병에 대한 수동성과 혼란"의 소문도 있었다. 베트남의 중앙 집중식 격리와 봉쇄 대책에서 실수가 반복되는 것이 입증되었다고 한다. 서로 겹치는 체계적인 오류가 많다는 것이다.

격리는 질병을 지역사회로부터 격리하는 것인데 '집중식'은 감염되지 않은 사람들 사이에 퍼지거나 장기간 봉쇄를 야기한다. 그리고 특정 확진자가 지나가면 의료시설을 봉쇄하는 정책이 있어 의료자원을 마비시킨다. 외국 전염병이 외부에서 지역 사회로 침입할 때는 F0 찾기와 격리에 집중하여 광범위한 봉쇄를 구현한다. 베트남은 아직 코로나 전염병의 임상 모델을 올바르게 정립하지 못했기 때문에 F1을 포함한 모든 F0를 집중 치료 영역에 집중하여 이전과 같은 방향으로 진행해서 전염 위험을 높이고 의료 자원을 고갈시킨다. 게다가 의료진들도 이미 지친 상태에서 환자가 늘어나니 사망률이 높아지는 안타까운 문제도 있었다.

여기는 F0는 확진자를, F1은 확진자와 밀접 접촉자를 말한다.

첫 코로나 PCR 검사는 설 연휴(자가진단키트 후 PCR 검사가 아닐 당시) 직후여서 오후 1시부터 오픈하는 광진 광장 임시 선별검사소에서 줄을 서서 받을 수 있다고 했다. 이때 생각난 것이 하나 있었다. 이 동네에 1년 넘게 살면서 정말 많이 받은 문자. '안녕하세요. 남동구청장입니다' 이 문장이 생각났다.

'분명 코로나 안내를 많이 해줬으니까 직통 번호가 있을 거야.'라고 하면서 받은 문자를 몇 개 올려 확인해보니 남동구 안내 문자가 너무 유용했다. 봄엔 꽃구경하라고도 알려주셨네. 역시 남동구에 살아서 최고다.

코로나 PCR 검사를 문의할 수 있는 곳을 이 문자에서 발견했다. 그리고 바로 코로나19 전화 문의를 했다. 증상만 있으면 PCR 검사를 받으러 오라고 한다. 한국에서 살기 정말 편리한 점은 인터넷으로 검색하면 모든 게 나온다는 것이다. 선별검사소에 가기 전에 선별검사소 대기 진행 시간을 볼 수 있는데 여기서 제일 가까운 곳은 성두공원 임시 선별검사소였다. 진행 상황은 붐빔(60분 미만)이었지만 가까워서 여기로 결정했다. '남동구 선별진료소 실시간 대기 현황 확인하기'라는 문구도 떠서 한번 눌러보았다. 내가 가고 있는 성두공원 선별검사소는 대기 0명이었다.

'이런 경우에는 내 눈으로 직접 네**랑 남동구 중에 뭐가 맞는지 확인해봐야겠어.'라며 야무지게 도착한 선별검사소는 생각보다 줄이 엄청나게 길었다. 0명이라더니. 그런데 줄을 서서 검사받아보니, 거기가 넓어서 그런 거였다.

안내해 주시는 분께 PCR 줄이 맞는지를 먼저 확인했다. 확인을 안 하고 서면 자가진단키트 줄과 PCR 줄을 헷갈릴 수 있으니 시간을 낭비할 수 있다. 대기 줄에 서 있는 시간에 선별진료소 전자문진표를 작성했다. 새로운 변종 때문인지 사람이 너무 많아서 2시간 내내 기다려서 검사받았다.

어제 검사를 받고 오늘 오전 9시에 검사 결과를 받았다. 결과는 생각대로 양성이 나왔고 나는 어제 검사를 받고 난 후부터 방에서 격리를 시작했다. 목이 간지럽기 시작해서 이젠 목이 부은 채 눈을 떴다. 한쪽 코도 약하게 막힌 느낌이 든다. 점점 목소리가 가라앉고 갈라지는 데서 후두염 같다는 생각했다. 아침 식사 후 종합감기약을 먹고 한잠 잤는데 몸이 으슬으슬했다. 저녁때쯤 발열, 오한이 계속되고 가래가 끼기 시작했다. 어제는 이미 37.7도에서 38.3도에 이르는 고열이 났고, 약을 먹고 4시간 정도 땀을 흘리며 자고 나니 겨우 37도 부근으로 떨어져 있었다.

처방 약은 항생제와 해열진통제, 기침 시럽 등 일반적인 감기약 수준이었지만 잘 듣고 있는 것 같다. 열이 났다가, 약을 잔뜩 먹으면 또 나아지는 반복...? 보통은 코로나 증상이 나타난 뒤 2일 차~3일 차에 가장 증상이 많이 나타나고 심하게 아픈 경우도 있다고 한다. 사람에 따라 4, 5일 차에 또다시 아픈 경우도 있고, 정말 사람마다 다양하게 증상이 나타나고 아픈 듯하다. 그렇게 약을 반복해서 먹고 많이 쉬다 보니 몸이 많이 좋아졌다.

격리기간 일주일은 너무 길었고, 정말 코로나는 무시하면 안 되는 질병이라는 걸 깨달았다. 요즘 코로나 확산이 너무 심해져서 감당이 안 될 정도다 보니, 코로나 확진이 되어도 고위험군이 아닌 이상 자택 자가격리와 자가 치료를 하게 하는 듯하다. PCR 검사 후 양성 반응이 나와도 별다른 조치 없이 자가격리를 하라는 문자가 끝이란다.

요즘 코로나19는 오메가 감염자가 대부분이라는데. 백신을 맞았을 경우에는 초반의 코로나19 감염 때보다는 덜 치명적이라고 한다. 그러니, 이제는 스스로 더 철저하게 방역하고 조심하는 수밖에는 없는 듯하다.

    유라는 나랑 같이 살기 때문에 물론 감염되었고, 내가 자가격리 할 동안 같이 격리했다. 그런데 나보다 증상이 더 심한 듯했다. 기침을 더 심하게 했고, 밥을 못 먹고 토하는 날이 있었다. 잠이 오지 않을 정도로 머리가 아프고 숨쉬기 힘든 밤들도 있었다고 하였다. 코로나가 가져오는 증상을 과소평가할 수 없다.

    일주일 동안 아픈 뒤에 이제 다시 일상으로 돌아가니 삶의 소중함이 느껴진다. 할 일이 많다. 과제도 많이 있고. 참 머리가 아프다. 내일 과제를 내야 하는데 왜 이렇게 집중을 못 하겠지...? 생각해 보니까 코로나에 완치되고 나서 가끔 잠도 제대로 못 잘 때가 있었고, 머리가 아플 때도 있었다. 이제는 집중력까지 영향을 받은 건가?

    알아보니 오메가 환자 중에는 감염 후유증으로 숨 가쁨, 피로감, 두통 등을 호소하는 경우가 적지 않다고 한다. 어떤 환자에게는 이런 증상이 6개월 이상 지속된다고 한다. 후유증이 걸렸을 때의 증상보다 더 무서울 만한데?

    포스트 코로나 증후군은 중증 코로나 질병을 앓은 사람들에게서 흔히 볼 수 있지만, 코로나를 유발하는 바이러스에 감염된 사람은 누구나 코로나로 인해 가벼운 질병이 있거나 증상이 없는 경우에도 포스트 코로나 증후군을 경험할 수 있다. 예방접종을 받지 않고 감염된 사람들은 백신을 접종하고 돌파 감염된 사람보다 포스트 코로나 증후군에 걸릴 위험성이 더 높을 수 있다.

포스트 코로나 검사를 받고 싶은데 이런 포스트 코로나 증후군에 대한 특정 검사는 없다고 하였다. 그래서 몸이 예전처럼 빨리 회복될 수 있도록 비타민을 많이 먹고 매일 조금씩 운동하고 규칙적으로 먹고 자고 생활하기로 했다.

코로나 완치 2개월 이후

이제 몸이 아픈 증상은 다 사라졌지만 무거운 물건을 들거나 하면 아직도 쉽게 피로해지는 것을 느낀다. 특효약도 나왔으니 이제 코로나는 인간에게 그렇게 큰 문제가 아닌 것 같지만 말이다. 완전히 사라지게 하지는 못했지만, 통제는 가능해졌으니 삶이 천천히 정상으로 돌아오고 있다.

이번 달 초부터 사회적 거리두기는 해제되었고 이제 밖으로 나갈 때 마스크를 안 써도 된다고 해서 너무 기분이 좋다. 2년 넘게 마스크를 내내 쓰고 다녔는데 드디어 이런 날이 왔구나...항공산업도 정상화가 되었으니 가족을 보러 가는 날도 머지않았다. 그날만 생각하면 너무 행복하고, 또 행복해져서 밥을 먹지 않아도 잠을 자지 않아도 될 듯한 기분이었다. 가족들과의 식사, 어머니가 해주신 밥의 맛, 온 가족이 한자리에 모이는 풍경, 고향의 평화로운 분위기와 하늘이 그립다. 그런 생각이 자꾸 머릿속을 맴돈 덕에 행복한 기분으로 학교에 갈 수 있었다.

진짜로! 학교에 가는 것이다.

드디어 오늘은 온라인 수업을 한 지 2년 만에 학교에 제대로 갈 수 있게 된 날이다. 오랜만에 학교에 다녀서 뭔가 설레고 떨린다.

저기 걸어가는 사람, 링이 아닌가? 학교에 갔던 첫날에 만나 친해져 같이 즐거운 1학년 시절을 보냈고 서로를 많이 도와주었다. 코로나가 퍼진 이후에 학교를 다니지 않으니 잘 만나지 못했다. 오늘 보게 되어 너무 반가웠다.

"야!! 링이야."

"오!! 오랜만이다. 반갑다 친구야."

"반가워... 보고 싶었어...."

"어... 나도! 이제 학교에 나오니까 자주 볼 수 있을 거야!!"

"응... 너무 좋아!! 근데 우리 학교가 뭔가 아름다워졌다......"

"그러게...... 우리 학교가 많이 수리되었고 시설들도 많이 추가되었대.... 이제 더 많이 편리해질 거야...."

"와...!! 아주 좋은데?? 이제 맨날 학교에 나오고 싶다."

"그래. 맨날 와. 나랑 같이. 흐흐흐. 코로나 이후라서 공기도 상쾌해지고 하늘도 더 푸르러진 거 안 보이니?? 기분이 정말 좋은데?"

"그러게.... 요즘 기분이 항상 좋더라. 왜냐면 이제 다시 가족을 보러갈 수 있으니까......"

"맞아. 항공편 다시 열렸다는 거 들었어. 나도 집이 그리워."

"같이 갈까? 이번 방학 때."

"이번 방학 때?? 그런데 아직 비용을 준비 못했어."

"괜찮아. 아직 1달이나 남았잖아. 알바를 하면서 돈을 모으면 돼...... 그리고 그때 내가 조금이라도 도와줄 수 있으니까 걱정하지 마. 그리고 나는 그동안 열심히 알바를 해서 좀 남은 게 있어...... 헤헤."

"그래, 그러자. 그러면 먼저 이번 학기를 잘 마무리하고 기분 좋게 고향에 가자...... 크크."

"그래야지. 후후. 이제 학교에 나오니까 공부도 더 잘 될 거야......"

목표를 세우고 더 열심히 공부해 최고의 결과를 내어 가족을 만나러 고향으로 돌아가야겠단 의욕이 생겼다.

작가 소개

문혜빈

패러디에 능한 인터넷 중독자. 재능만큼 중요한 건 버티는 힘이라 믿으며
살다 보면 뒤늦게라도 성공할 수 있지 않을까 낙관하는 중.

4.
SHIFT + F5

I.

<20xx년 x월 x일. 코로나 바이러스는 종식되었다.>

…이 문장을 보니까 정말 한때는 코로나라는 바이러스가 전세계를 휩쓸고 지나갔다는 게 확, 느껴지네요. 비접촉식 체온계 처리에 소상공인들이 몸살을 앓고 있다는 뉴스가 나온 게 엊그제 같은데요. 식당 사장님들 옛날과 비교하면 뉴스 인터뷰에서 싱글벙글. 마침 그때 정부에서 재난지원금을 한 번 더 뿌려서 장사 잘 안되는 가게가 없었다고 봐야죠. 아, 그래. 소상공인들이 아니라 쓰레기 처리하는 용역업체 직원분들이랑 환경미화과에서 몸살을 앓았죠. 불법투기가 얼마나 많았는지 원. 식당사장님들은 다 사람 좋게 웃으시면서 다시는 이게 쓰일 일이 없길 바란다면서 기쁜 마음으로 버렸다던데 저희는 모르죠. 적절하게 버려졌는지 아닌지는.

그리고 에스핌을 개발한 게 우리나라 기업인 건 당연히 알고 있겠죠? 그거 개발한 기업 주가가 원래 3만 원 대였는데 에스핌으로 대박을 터뜨리곤 최고가가 42만 원까지 치솟았다니까요. 지금은 20만 원대로 내려오긴 했는데 그래도 사람들이 아직 이 기업에 갖는 기대감이 커요. 석박사

출신들도 들어가고 싶어서 줄을 서있다니까. 그런데 저는 가끔 저 기업의 주주들은 코로나20이든 뭐든 새로운 전염병이 나타날 걸 바라고 있지 않을까하는 생각을 해요.

사실 위에서 말한 기업의 주가가 꽤 방어가 잘 되고 있는 이유는 따로 있어요. 저 기업에서 개발해낸 코로나 에스핌이 다른 쪽으로 신통했거든요. 그 문제가 수면 위로 떠오르니까 결국 3년 만에 식품의약품안전처에서 에스핌의 사용을 공식적으로 금지했어요. 표면적인 이유는 '발암 우려가 있는 불순물이 함유되어 있다'는 거였죠. 니트로사민 계열 불순물이 기준을 초과했는데, 국제 가이드라인에 따르면 무시할 수 있는 수준이긴 하지만 발암 위험을 배제할 수 없어 회수를 결정했다고.

그러니까 사람들은 다 난리가 났죠. 에스핌 못 쓰고 죽으라는 말이냐. 식약처에서 결과를 돈 주고 조작한 거다. 참고로 에스핌 사용이 금지되었을 쯤엔 하루에 사망자가 5명도 안 나오고 있었어요. 그리고 돌아가신 분들은 그냥 감기에 걸렸어도 폐렴으로 악화되어서 돌아가셨을 노약자 분들이고. 에스핌 사용 다시 허가하라는 시위가 가장 활발하게 일어난 곳이 강남3구예요. 설마 사람들이 노약자분들 돌아가시는 게 마음 아프고 이런 인도적인 이유에서 시위를 했다고 생각하는 건 아니죠? 강남3구에서 큰 시위를 조직할 수 있는 집단이 어디겠어요. 엄마들이죠, 뭐.

그 놈의 인터넷이 문제예요. 그 글이 정확하게 올라온 일자가 20xx년 x월 x일이었는데요. 제가 그 글 먼저 보여드릴게요.

우한폐렴… 에스핌… 실시간.jpg

2틀 전 같이 밥 먹은 친구가 확진됐다고 해서 나도 보건소 가서 코찔리고 ㄷㄷ
몇 시간 지나니까 확진됐다고 문자 오더라.
바로 비머면 진료로 약 받았다. ㅋㅋ
증상 경미한데 존나 아픈 척해서 약 하나 타먹음ㅋㅋㅋㅋ 세금낭비 ㅁㅌㅊ?

근데 와 ㅅㅂ 이거 뭐냐? ㄷㄷㄷ
먹고나니까 낮에 졸립지도 않고 갑자기 의식이 또렷해져서 바로 책상 앉아서
전기기사 책 폄 ㄷㄷ
기출 1회독하고 2회독 넘어가는 상태였는데 문제 풀면 다 맞춤 ㅋㅋㅋ

ㄹㅇ 그냥 코로나 증상 없어지니까 컨디션이 괜찮아진 정도가 아니라
공부에 존나 몰입하게 됨
나 원래 어릴 때 ㅈㄴ 산만해서 애미가 ADHD 검사받게 할 정도로 집중력 ㅆ
ㅎㅌㅊ였는데
이 정도로만 공부 쭉 했으면 서울대 갔을 듯ㅋㅋ
ㅈㄴ 억울하네 —— 왜 에스핌 이제 나왔냐?

웃기죠? 이런 글이 종래엔 식약처에서 코로나19 에스핌를 금지하는 나
비효과를 불러왔다니. 그런데 요즘 세상이 진짜 그래요.
이 이후로 너도나도 커뮤니티나 SNS에 그러고보니 자기도 비슷한 일

을 겪은 것 같다며 간증 사례가 올라오기 시작했어요. 젊은 사람들은 코로나 걸려도 금방 지나가잖아요. 그러니까 너도나도 코로나19에 걸리고 그 약을 받아서 공부 잘하게 되는 게 이득이라는 풍조가 퍼진 거죠. 이때부턴 아주 난리였어요. 마스크 쓰고 다니는 사람? 없어요. 정확히는 젊은 사람들은 전혀 안 쓰고 다녔어요. 젊은 사람들이 보균자처럼 다니니까 늙고 아프신 분들은 집에서 절대 안 나오려 하시고. 어르신들 당연히 답답해 돌아가시려 하시죠. 저희 할머니도 코로나 걸려서 죽든가 답답해서 죽든가 둘 중 하나일 거라면서. 근데 어르신들이 SNS를 해요 커뮤니티를 해요? 젊은 사람들 목소리가 훨씬 크니 다 묻히죠.

그 무렵에 의사들도 고생 많이 했어요. 약 처방 안 해준다고 화내는 환자들 때문에 골머리를 앓는다는 게 뉴스에 나왔다니까요. 제 친구 중에 인턴 밟는 애가 있는데 걔도 어이없다며 열변을 토하더라고요. 이때 의사들이 약 처방 잘 안 해주니까 어르신들 꼬셔서 약 타오게 하고, 당장 생활비 급한 분들은 에스핌 몰래몰래 팔고, 진짜 사람들 양심이 왜 그렇게 없는지…

그래서 너는 에스핌 먹었냐고요? 아니, 코로나에 걸린 것까지는 제 탓이 아니잖아요? 누구한테 옮은지도 모르겠는데. 아, 참나, 제가 말을 피하려는 게 아니라, 저는 일부러 코로나 걸리려고 안달난 사람처럼 굴지는 않았다는 말이에요. 그러니까 그런 사람들이랑 저는 구분되어야죠. 낸들 걸리고 싶어서 걸렸나요? 저는 그래도 마스크를 잘 쓰고 다니는 편에 속했다고요.

정말이에요. 정말. …네? 그 병원의 의사가 우리 아빠랑 30년지기 친구인 건 어떻게 설명할 거냐고요? 어휴 진짜. 저는 코로나에 걸리고 싶어서 걸린 게…

수민은 가끔 본인에게 찾아오는 행운을 다른 사람도 당연히 가졌을 거라 생각하는 버릇이 있다.

새로 산 바지는 남자친구의 취향은 아니다. 남자친구는 옷에서 샤랄라 소리가 날 것 같은 가벼운 재질의 꽃무늬 원피스를 제일 좋아한다. 연애 초기에는 색깔별로 그런 옷들을 준비해 입고나갔다. 얼어죽기 직전까지, 쪄죽기 직전까지. 1년 반에 걸친 그 노력이 연애를 오래 지속케 해준 주요 이유였다고 수민은 믿고있다. 그러니까, 이제는 입고 싶은 옷을 좀 입어도 되는 것이다.

남자친구와는 대학교 1학년 때 만났다. 캠퍼스 커플이다. 학기 초부터 남자 동기들이 은근히 밀어붙였다. 수민도 그게 기분이 나쁘지 않아서 한 번 만나볼까 하다가 8년이 흘렀다. 1학년 때 맺어진 캠퍼스 커플들 중에서 수민네 커플만이 유일하게 생존해있다. 수민은 그 사실에 종종 옅은 우월감을 느낀다. 애칭을 여보, 남편이라 정해놓고 결혼까지 할 거라며 난리를 피우던 다른 동기를 생각하면 어쩔 수 없는 일이다.

결혼을 진지하게 생각하고 있다. 수민은 졸업 직후 취업했고 남자친구는 얼마 전 취업에 성공했다. 결혼을 한다면 딸 하나 아들 하나를 낳고싶다. 본인 남매를 보아도 딸이 부모에게 잘하고, 아들은 한 명 있어야 든든할 것 같다. 부모님에게 받은 대로만 해준다면 행복한 가정을 만들 수 있으리라 자신한다. 남자친구는 아기를 좋아해 세 명은 갖고싶다고 얘기하지만, 수민은 먼저 아이를 낳은 친언니가 임신 과정 중에 고생하는 걸 옆에서 지켜봤기 때문에 셋까지는 엄두가 안 난다.

친구 중에는 아직 결혼한 애가 없고, 대학생 때 동아리에서 만난 언니와 오랜만에 만나 같이 밥을 먹다가 언니도 남자친구랑 결혼을 하고 싶어 한다는 걸 알게 되었다. 수민은 특유의 높은 어조로 이런 우연이 다 있냐는 듯 반가워했다. 언니, 우리 같이 구경하러 다니고 이러면 너무 재밌겠어요.

언니의 이름은 영지다. 영지는 접시 위에 마지막으로 남은 칵테일 새우 하나를 포크로 찍어 입안에 넣었다. 오물거리는 영지의 볼.

"근데 걔도 나도 아직 돈을 별로 못 모아가지고. 집이 제일 문제지 뭐~ 단칸방에서 시작해서 집 넓혀가는 재미가 있다던데, 요즘 세상에 그게 되냐? 단칸방 사는 부부는 쭉 단칸방에 사는 거야. 무리해서 대출 받아 아파트 산 사람들은 그거 팔아서 더 좋은 데로 이사가는 거고."

"집이요?"

그제야 수민은 본인이 왜 아무 장애물 없이 20평대 아파트에 아이 둘을 낳고 사는 가족의 모습을 떠올렸는지 자각한다.

"언니네 부모님이 안 도와주신대요?"

"뭐? 너…"

영지의 입이 저작운동을 멈추고 작게 벌어진다. 순간 딱딱해진 공기에 수민은 눈을 깜빡이는 걸 멈췄다.

"…몰라, 남친네 집이 어떤지는."

이후로는 묘하게 싸늘하고 기계적인 대화만 오갔다. 영지는 식당에서 나서자마자 미안한데 갑자기 속이 너무 안 좋아서 집에 들어가 봐야겠다고 말했다. 수민은 제 인사도 반쯤 무시하고 떠나는 영지의 뒷모습을 멀거니 쳐다만 봤다. 당연히 언니랑 커피까지 마실 줄 알고, 밤 10시는 되어야 집에 도착하겠다 생각했는데. 수민은 갑자기 붕 떠버린 시간을 어떻게 할까 고민하다가 남자친구한테 카톡을 먼저 보냈다.

[나 이제 집간당ㅋㅋ]

[언니가 속 안 좋대서]

[일찍 끝났어]

그리고 수민은 지하철역이 있는 곳으로 걸었다. 영지의 기분이 안 좋아 보였던 게 자못 신경이 쓰인다. 가방에 넣어둔 휴대폰에서 진동이 울렸다. 남자친구에게 답장이 와 있었다.

[뭐 먹었어?]

수민은 [그냥 파] 까지 쳤다가 문득.

영지네 부모님이 영지가 어릴 때 이혼을 했고 아버지와 둘이 살았다는 걸 얘기하던 몇 년 전 영지의 모습이 떠올랐다.

[그냥 파스타ㅎㅎㅎ]

[이모티콘]

수민의 생각은 전환된다.

아니 기분이 나빴으면 말을 해주든가. 왜 나만 나쁜 사람 만들고 꽁하니 앉아있지?

요즘에 다들 부모님 도움 받아서 결혼할 때 집 장만하는데 그거 얘기 하나 꺼낸 게 뭐 그렇게 큰 잘못인가 싶다. 다들 그러니까, 일반적인 상황을 가정하고 말한 게 정말 잘못된 거야? 사회생활 하려면 당연한 거 아니야?

수민은 남자친구 혁진에게 오늘 만난 언니가 내가 별말도 안 했는데 정색을 해서 뻘쭘했다는 카톡을 보냈다. 혁진은 춘식이가 화난 표정을 지은 이모티콘을 답으로 보냈다.

　수민은 코로나19에 걸리고 일주일 만에 음성 판정을 받았었다. 후유증으로 체력이 급격히 떨어졌다. 지금은 그럭저럭 괜찮아졌다.

3.

　민정은 신소재공학과를 나와 서류를 복사하고 있다.

　전공공부에 흥미가 없으니 학점은 바닥을 기었다. 학점이 좋지 않으니 복수전공도 전과도 할 수 없었다. 민정은 우스갯소리로 본인을 학점 나이팅게일, 학점 선이라 칭한다. 동기들과 가끔 만나면 내가 너 덕분에 그래도 3.0은 넘기고 졸업한 것 같다며 장난을 치는데 이때엔 기분이 묘하다. 웃음소리에 취하다 보면 이 학점 쓰레기야, 라며 민정을 손가락질하는 동기도 있지만 화를 내기가 애매해 민정은 그저 허허 웃고 만다. 내가 먼저 스스로를 비하했는데 남들이 한두 마디 더 얹는다고 정색하면 나만 이상한 애 되는 거지 뭐.

　동기들 중에서 제일 좋은 회사에 들어간 재수생 언니의 연봉이 궁금해 잡플래닛에 그 회사를 검색해본 적이 있다.

　그렇지만 남의 집값이 얼마인지, 자가인지 셋집인지가 궁금해 등기부등본을 떼어보는 사람들의 얘기를 인터넷에서 보면 소름이 돋는다.

　지금의 회사에서 하고 있는 전공과 전혀 상관없는 업무. 누구를 앉혀놓아도 민정만큼 할 수 있고 민정보다 더 잘할 수 있는 업무. 연봉이 적게 책정되는 게 당연한 업무. 공부를 안 한 스스로의 자업자득이라 생각하면서도 집안이 부유해 어릴 때부터 다양한 경험을 쌓고 제대로 된 진로를 설정

할 수 있던 이들의 삶이 부럽다. 그것은 수능 성적에 맞춰 '신소재 공학'이 유망하단 말에 홀려 가나다군을 낭비했던 본인의 고3 시절과는 확연히 다를 것이다. 어차피 누구에게든 인생이 힘든 거라면, 부잣집 공주님이 겪는 종류의 힘듦이 더 좋은 걸지도.

아빠 뻘의 과장은 민정을 혼낼 때 그럴 거면 대학 왜 나왔냐는 얘길 자주 한다. 그 말에 고졸도 할 수 있는 일을 지금 하고 있는 게 부끄럽지 않느냐 묻고싶은 저의가 숨어있다 생각하면 내 자격지심인 걸까? 민정은 시선을 내리깔고 입술을 깨물었다.

하긴 면접을 볼 때도, 대학까지 나와서 이런 일 해도 괜찮겠어요? 라는 질문을 받았었다.

그 말에 뭐라 대답했더라? 대학 전공이 안 맞아서 어쩌구, 시켜만 주시면 모든 일이든 할 준비 저쩌구.

과장의 몇 가닥 남지 않은 정수리의 털. 저것을 더 이상 머리의 '가락'이라 부르면 안 될 것 같다. 민정은 학사 학위 얻자고 보낸 4년이란 시간이 저 털들처럼 나풀나풀 흩날리며 떨어지는 상상을 하다가 내가 어디 가서 돈을 벌 수 있겠어, 라고 마음을 다 잡는다.

"죄송합니다."

"죄송하면 다야? 이게 도대체 몇 번째야! 너는 일을 아주 지 멋대로 하네."

아까지만 해도 인터넷 쇼핑몰을 들락거리는 것처럼 보이던 민정의 옆자리 대리가 갑자기 키보드를 열심히 두드리기 시작했다. 제게로 불똥이 튀지 않기를 바라는 그의 일하는 척은 사뭇 애처롭다.

과장이 무슨 말을 하든 턱을 괴고 휴대폰을 만지고 있는 민정과 동갑내기 주임은 민정과 하는 일이 별반 다르지 않다. 그러나 모르긴 몰라도 민정보다 훨씬 많은 급여를 받을 것이다. 그 이유는 저 사람의 몸 속에 흐르는 피였다. 사장의 조카. 자격증 하나 없이 입사할 수 있게 해준.

그의 피. 혈연. 가족.

내 부모님의 직업이 부끄럽다고 생각했던 적.

여학생들의 급식 조는 모종의 이유로 합쳐졌다가, 떨어지고, 그러다 융합되곤 한다. 민정은 그 무렵 같이 다니는 무리에서 떨어져 나와 적당히 안면만 익힌 친구들과 점심을 먹고 있었다. 민정과 같은 반 친구 한 명 빼곤 모두 다른 반 친구들이었다. 그 반엔 공부를 하지 않고 가수가 되겠다며 오디션에 지원하고 다니는데 실상은 노래 연습도 제대로 하지 않는 남학생이 있었다. 민정도 그 존재를 알고있었다. 여러모로 여자애들한테 호감을 살 외모와 성격은 아닌 것 같던 남자애. 그리고 이름이 윤서정이라고, 급식을 먹던 조에서 가장 목소리가 크고 성격이 털털한 아이가 있었다. 서정은 오늘도 그 남자애가 노래를 부르고 다니며 나댔다고 툴툴거렸다.

그리고 민정의 귀에 꽂힌 한 마디, 서정의 비웃음과 함께.

"그러다 나중에 노래방 사장이나 하겠지 뭐."

민정의 부모님이 노래방을 하는 걸 서정이 알고 있을 리는 없었다.

그 순간 민정은 서정에게보다 민정의 부모님이 노래방을 한다는 걸 알고있음에도 서정의 말에 웃음을 터뜨리던 같은 반 친구에게 더 섭섭함을 느꼈다.

그리고 나중에 서정의 부모님이 청소년을 겨냥한 저가의 스포츠 브랜드 매장을 운영한다는 걸 알게 되었을 때.

서정의 부모님 직업이 의사나, 변호사였다면, 조금 덜 분했을까 하는 생각.

"지금 당장 다시 해와. 아니, 무슨 애가 세금계산서 입력도 제대로 못해?"

민정은 작게 눈을 굴려 창밖에 펼쳐진 하늘을 봤다. 만화처럼 창문을 와장창 부수고 나가 자유의 몸이 되고 싶다. 그럴 수 있다면 말이다. 민정은 회사를 때려치웠을 때 얼마나 버틸 수 있을지 쓸모없는 상상들에 잔가지를 치다가 돈도 없고 아이도 없는 독거노인으로 늙어죽긴 싫다는 결론에 다다랐다. 그러나 지금 회사에 있는 여자직원들이 아주 젊거나 혹은 아주 늙은 것의 의미를 민정은 모르지 않았다.

공무원 시험을 볼까?

5분을 내리 더 혼나다가 자리로 돌아올 수 있었다. 민정은 자리에 앉자마자 더존 프로그램을 켜는 대신 인터넷에 지난해 공무원 경쟁률을 검색했다. 전공이 전공인 만큼 기계직이나 토목직을 준비해볼까 생각이 들었다. 그런데 공부해야 하는 과목이 어려워 보이고, 가산점 때문에 기사 자격증을 따는 게 필수라는데 전공지식도 전무하고 공부머리도 없는 자신이 회사를 다니며 해낼 수 있을까 싶었다.

무엇보다 경기도의 외진 공단에 위치한 제조업 회사라 자차로 출퇴근이 가능한 민정이 특성화고 출신의 자격증으로 무장한 어린 아이들을 제치고 뽑힐 수 있던 거였다. 집에 가고 저녁 먹고 좀 쉬면 밤 9시가 넘어있는데, 공부는 무슨 공부야.

회사 때려치우고 시험 준비하겠다고 하면 오빠도 반대할 걸?

민정은 과장이 담배를 피우러 간 틈을 타 휴대폰을 꺼내 카톡을 확인했다. 오늘도 야근 때문에 만나기 힘들겠다는 남자친구의 메시지가 와있었다. 민정이 사무실 문이 열리지는 않는지 주의를 기울이며 답장을 보냈다.

[ㄲㄲㄲ웅 알았오]

[마니 바쁜가 보네 ㅠㅠㅠㅠㅠㅠㅠ]

뭐 하나 잘난 것 없는 자신과 1년 반째 사귀어주는 남자친구에게 만나는 횟수가 줄어들었다며 투정을 부리는 것은 분수에 맞지 않은 일이다.

민정은 코로나19에 걸리고 10일 만에 음성판정을 받았다. 이후로도 한 달은 목이 칼칼하고 후각이 돌아오지 않더니, 지금은 완전히 괜찮아졌다.

4.

박해윤님? 아에 이세요, 여에 이세요?

개명을 해야지 안 되겠어. 가끔 기분이 안 좋을 땐 늘상 받는 질문에도 작은 신경질이 났다. 물론 티내지는 않는다. 그 잠깐의 감정 기복을 못 참아 감정노동자들의 기분을 상하게 할 만큼, 해윤은 막돼먹은 사람이 아니다. 이 모든 공감능력은 해윤의 아르바이트 경험과 그들의 나이가 해윤과 비슷한 또래라는 데에서 유래했다.

박해윤. 국사시간에 신유박해, 신해박해, 이런 게 나오면 아이들이 신유박해윤, 신해박해윤하며 재미없는 개그를 치기에 바빴다. 사실 학교에서 해윤에게 쏠리는 관심이라곤 그런 게 전부였다. 이름이 혜윤이기만 했어도 받지 않았을 그런 것.

[박해윤/x월xx일/27/여/취준생]

좌담회 아르바이트 참석 안내 문자가 날아와서 해윤은 답신을 보냈다. '27'과 '취준생'이 함께 붙어있는 게 부끄럽다. 문자를 받은 직원이 그 나이 먹고도 아직 취준생이냐 속으로 비웃었겠지. 해윤은 어쩌다 인생이 이렇게 꼬이기 시작했는지 그 경로를 거슬러 올라가다가 이내 머리를 휘휘 저었다. 이래봤자 아버지 원망만 하게 될 뿐이다.

고등학생 시절의 해윤은 공부가 하기 싫어지면 유학원 홈페이지에 들어가 내신성적을 안 보는 대학, 대학학점을 안 보는 대학원 따위를 올린 광고글을 보는 게 취미였다. 그땐 그랬었는데.

티를 낸 적은 없지만 해윤은 역시 아버지가 밉다.

아버지는 원래 공기업을 다녔다. IMF는 해윤의 집에 축복이었다. 굴지의 기업들이 줄줄이 도산하고 실직한 가장의 안타까운 소식이 신문을 도배하던 무렵에도 어떤 가족은 누군가가 빚을 갚기 위해 싸게 내놓은 아파트에 들어가 자산을 불렸다. 해윤이 세상에 나오기도 전의 이야기다.

배움에 대한 갈망이 깊으셨던 아버지는 해윤을 퍽 예뻐했다. 무엇이든 시키면 금방 싫증을 내는 3살 위의 오빠와 달리 해윤은 공부를 곧잘했기 때문이다. 해윤이 학교에서 받아온 상장들은 그대로 거실의 장식장 안에 차례대로 진열되었다. 아버지는 해윤에게 꼭 미국으로 유학을 보내주겠다며, 그때까지 영어 공부를 열심히 하고 있으라고 식사시간마다 공수표를 되풀이했다. 해윤이 식사를 마치고 방에 들어가 당시 유행하던 영어 학습지 회사의 음원을 틀어놓고 있으면 아버지가 오빠를 타박하는 소리가 들려왔다. 네 동생은 저런데 너는 뭐냐.

그렇지만 아버지에겐 배움 말고도 하나의 꿈이 또 있었다. 그게 해윤의 미래보다 중요했던 걸까?

줄곧 전업주부였던 어머니가 콜센터에 나가기 시작한 것은 동업자에게 사기를 당하고 식음을 전폐하기 시작한 아버지 때문이었다. 해윤은 유학은커녕 토익 학원도 다닐 수 없었다. 아버지는 재취업을 시도했지만 일

생동안 공기업에서 사무만 본 50대 남성을 채용하려는 곳은 드물었다. 아버지가 대학동창들에게 사정사정하는 전화소리를 해윤도 들을 수 있었다. 결국 아버지는 남은 돈을 모두 털어 작은 백반집을 열었다. 어머니가 주방을 맡고 아버지가 홀을 맡고 오빠와 해윤이 가끔씩 나가 가게일을 도왔다. 가게는 처음엔 아버지의 회사 선후배, 학교 동창들로 근근이 영업을 이어나갔으나 이후는 적자를 면한 수준이었다. 해윤은 지원을 바랄 수 없었다. 등록금은 국가 장학금과 학자금 대출로 해결하고 생활비는 아르바이트와 과외로 해결했다. 유학을 가겠다고 영어를 열심히 공부한 걸 써먹을 수 있어 그나마 다행이었다.

해윤은 집 근처의 낡은 간판들이 즐비한 골목을 보면 캘리포니아의 일 년 내내 밝은 햇살과 뉴욕의 고층빌딩과 야경 같은 것들, 직접 본 적도 없으면서 그런 것들을 그리워했다. 그것은 원래 해윤의 것일 수 있었으니 그리워한다고 해서 크게 이상한 건 아니지 않은가.

사업에 실패하고 나서 아버지는 해윤에게 안정적인 직업을 가질 것을 강요하다시피 했다. 그게 아버지 본인의 인생에서 마지막으로 이룰 수 있는 성공이라는 듯이. 해윤은 자존심과 자신감의 경계에서 행정고시를 먼저 준비했다. 첫해에 1차를 높은 성적으로 통과하자 의기양양해져 확신을 갖고 2차를 준비했었다. 그러나 너 같은 애들은 한 다발이라는 듯이, 2차 시험을 채점하는 교수들은 해윤에게 약간의 운도 허락하지 않았다. 거듭된 낙방 후 결국 노선을 바꿔 공기업 준비에 들어갔으나 면접에서 떨어지고 또 면접에서 떨어지고, 종래엔 필기 시험에도 못 붙는 지경에 다다랐다. 해윤은 분명 노력했다. 하지만 주말을 아르바이트로 날리고, 피곤한 몸으로 나머지 5일을 공부하다 보면 경쟁자들에 비해 뒤처지는 것이 당연하다.

그러니 가끔 해윤의 속마음이 들려주는 양심의 소리는 가뿐히 무시할 수 있다.

사실 오빠에 비해 공부를 잘한 것일 뿐 특출나게 잘한 것은 아니라는 점, 예전에 비해 어려워진 것은 맞으나 사실 객관적으로 봤을 때 그렇게 어려운 환경이라고는 볼 수 없다는 점.

해윤은 코로나19에 걸리고 일주일 만에 음성판정을 받았다. 다행히도 후유증은 없다.

5.

제가 약을 먹고 어떻게 됐는지는 잠깐 치워두고 다른 얘기나 좀 하죠. 아, 코로나 걸렸다니까 걱정돼서 그러신 거예요? 그때 우리나라에 코로나 안 걸린 사람이 어디 있다고요. 그리고 저는 그때 젊은 게 아니라 어렸거든요. 금방 나았죠. 후유증도… 있었나? 없었나? 오래 전 일이라 기억이 잘 안 나요.

그때 저는 고등학생이었어요. 학교에 있다 보니 학생 한 명 걸리면 그 반은 줄줄이 다 감염되는 거죠. 그런데 인터넷에 나온 문제의 에스핌은 절대 처방이 안 됐어요. 당연하죠, 괜히 처방해줬다가 어떤 책임을 져야할 줄 알고. 우리 딸이랑 같이 논술전형에 응시했던 애가 그 에스핌를 먹었다더라며 에스핌 처방한 의사를 고소하겠다는 엄마도 있었다니까요? 에스핌 대신에 타이레놀 같은 종합감기 처방받는 애들이 대다수였죠. 고등학생들은 그거 먹고도 금방 나았으니까.

원래 진료기록 같은 건 민감정보라 본인이 본인 거 보려 해도 절차가

까다롭잖아요. 그런데 에스핌 처방전은 다른 의미에서 완전 민감정보가 된 거예요. 학교에 성적 오른 애가 있는데 걔가 코로나에 걸린 적이 있다? 그러면 합리적인 의심이 시작되는 거죠. 쟤 에스핌 먹고 성적 올린 거 아니냐. 당사자가 뭐라 하든 신경 안 써요. 아이들은 그저 '에스핌로 꿀빨고 대학가는 애'가 있다고 믿고 싶었을 뿐이거든요.

에스핌충, 에스핌수저, 노력마저 있는 집 자식들이 빼앗아간다고 사람들이 한탄했죠. 노력의 가성비에서마저 계층이 나뉘면 어떡하냐. 그 무렵에 재미있는 일이 있었어요. 기획재정부 장관 후보자로 임명된 사람한테 아들이 한 명 있었는데, 그 애가 좀 띨띨했나 봐요. 자기가 에스핌 먹고 성적 올랐다고 고등학교 때 친구한테 자랑했다는 거 있죠? 그 친구는 그 아들이랑 어쩌다 보니 관계가 좀 소원해진 모양인데 그래서 마음 놓고 폭로를 할 수 있었대요.

여론은 당연히 난리. 아들이 치대생이었는데 기자들이 단독으로 다른 동창들 인터뷰 터뜨린 거 보면 아들이 원래부터 공부를 잘하긴 했는데 치대 갈 정도까진 아니고 수의대 가겠다 그 정도 수준이었나 봐요. 그런데 걔가 코로나 걸려서 격리를 해오더니 갑자기 치대 갈 성적을 받아왔다? 열 받아하던 동창들 걔네 아빠 빽 때문에 아무것도 못 하고 있다가 이제는 좀 안전하다 싶어서 나선 거죠.

후보자는 당연히 기자회견. 아들이 에스핌을 처방받은 것은 맞으나 증상에 따라 적절한 진료가 이루어진 것일 뿐⋯ 아들의 성적 상승과 약효는 아무 상관이 없어⋯ 국민들께 심려를 끼쳐드려 죄송하고⋯ 장관 후보자로서 곁에 있는 사람을 먼저 살피는 부끄럽지 않은 정치인이 되겠다⋯ 진보 언론에서 후보자랑 아들이 간 병원의 의사랑 어릴 때 같은 아파트 살던 사이인 거 터뜨리고 난 후에 한 번 더 기자회견. 언론의 무자비한 난도질로 선량하고 성실한 직업인일 뿐인 내 친구마저 고통받고 있다… 모든 것은 적법하게 이루어졌으며 우리 아들을 비하하는 표현은 삼가달라, 아비로서 가슴이 찢어지는 기분….

논란은 논란일 뿐이고, 의약 분야 전문가들이 입을 모아 인터넷에 떠돌고 있는 에스핌의 효능은 낭설일 뿐이다 얘기하니 결국 그 후보자는 장관에 임명될 수 있었어요. 그 장관이 서기관 시절에 후배 사무관을 무지막지하게 괴롭혀 결국 그 사람이 면직을 했다는 익명의 폭로도 터져나왔었는데 사무관은 면직해도 새로 채우면 그만이지만, 그 사람 아들 때문에 떨어진 치대 지원자의 인생은 그 누구도 보상해줄 수 없잖아요? 그러니 그런 이슈쯤은 금방 사그라들었죠.

6.

가방에 넣어둔 휴대폰에서 진동이 울렸다. 민정은 교차로에서 신호를 기다리는 동안 휴대폰을 꺼내 메시지를 확인했다. 동아리에서 친하게 지낸 언니인 영지로부터의 연락이었다.

[아 완전 빡쳐]

[강수민 미친 거 아니야?]

[나보고 남친이랑 결혼할 때]

[부모님이 집 안 도와주네 ㅋㅋ]

"뭐?"

놀란 마음에 혼잣말이 튀어나갔다. 영지네 부모님이 어렸을 때 이혼한 걸 수민이 모를 리 없었다. 그렇다면 수민이 알고도 말실수를 했다는 건데, 그런 말실수를 한 것마저 수민다워서 민정은 사실 놀라기만 했을 뿐 당황하진 않았다. 수민과 영지 사이에 껴서 완충재 역할을 해오던 것도 익숙했다.

수민은 애초에 그 일이 없었더라면 민정과 영지와는 1년에 한 번씩 안부를 묻는 사이로 남아있었을 거다. 교내에선 규모가 제법 큰 동아리였던 교육봉사 동아리에 속해있던 민정은 조용하게 할 일만 하다 가는 부원이었고, 따로 연락을 주고받는 부원은 두 살 위의 영지뿐이었다. 수민은 이와 상반되게 태어난 사람이었다. 조용히 지내려야 지낼 수 없는, 그런데 본인이 또 조용하게 지내는 것도 원치 않는. 예쁜 얼굴에 늘씬한 몸에 그 나이이기 때문에 더욱더 빛을 발하는 해맑은 성격. 신입생 수민이 아직 남자친구가 없다는 얘기를 한 직후 부실에 흐르던 안도와, 기대와, 기쁨의 분위기를 기억한다. 수민은 자연스레 동아리의 중심을 차지하고 있던 3학년 여학생들의 무리로 편입되었다.

그리고 수민의 입장에서 한번만 생각해 봐주었더라면 말도 되지 않았을 일이 오래 지나지 않아 벌어졌다. 수민이 동아리 내 커플이었던 영준과 은서의 사이를 갈라놓으려 했다는 소문이 돌기 시작한 것이다. 물론, '갈라놓으려 했다'는 표현은 순화된 것이고, '강수민이 영준이한테 꼬리치고 다녔대.'

정말 꼬리를 쳤던 쪽은 영준이었지만 할말이 있으면 직접 만나서 하고 메시지는 남기지 않는 게 영준의 치밀함이었다. 결국 여자친구가 있음에도 본인을 계속 간보는 영준에게 단호히 거절의 의사를 표하기 위해 수민이 영준을 불러낸 것이 화근이었다. 남은 것은 수민이 영준에게 '한번 만나고 싶어요 선배'라 보낸 메시지와, 수민이 영준과 둘이서 있는 것을 목격한 은서의 증언뿐이었다.

결국 영준의 추파에 못 이겨 동아리를 나간 지 몇 달이 지났던 보라라는 2학년이 우연찮게 영준의 소식을 접하게 되고, 보라가 은서에게 영준과 있던 일을 뒤늦게나마 털어놓음으로써 사건은 일단락됐다. 은서와 영준은 헤어졌고 영준은 동아리를 나갔다. 은서는 수민에게 사과했지만 수민이 은서와 은서의 친구들로부터 들은 말은 여전히 수민의 파동을 자극했다. 여우 같은, 그렇게 예쁘지도 않으면서, 남자라면 좋아죽는.

그 시기가 아마 수민이 '민정처럼' 살았던 최초의 시간들이었을 테다. 수민은 은서네 무리에서 빠져나와 민정과 영지와 어울렸다. 수민이 밝히길 지금의 남자친구 혁진과 수민은 은서에게 오해를 받기 전부터 호감을 주고받던 사이라 했다. 그렇지만 그 얘기를 해봤자 이젠 바람까지 피우는.으로 얘기가 흐를 게 뻔해 민정과 영지에게만 털어놓는 거라 했다.

민정은 수민이 좋았다. 동경에 가까운 감정이라는 걸 인정한다고 해서 달라질 건 없었다. 수민이 메고 다니는 비싼 가방, 아침마다 수민을 태워주시는 수민의 아버지의 비싼 차, 학자금을 대출받아 학교를 다닌다는 게 아주아주 가난한 아이들만의 이야기인 줄 아는 좁은 상상력. 민정이 죽었다 깨어나도 가질 수 없을 것들이 일상인 수민. 내과 의사인 아버지의 친구집에 가족끼리 놀러갔다가 그 딸이 쓰던 넓고 깔끔한 방이 질투나 집에 돌아와 베개를 치며 울었던 중학생 때의 민정과는 다르다. 지금의 민정은 조금 과장을 보태, 피그말리온이 된 느낌이다.

"언니~ 요즘 좁쌀여드름 왜 이렇게 심해? 이거 피부과 다니면 바로 낫는데!"

그러니 가끔 수민이 던지는 기분을 묘하게 만드는 말에서마저 민정은 부러움을 느낀다. 이 아이는, 얼마나 많은 사랑을 받고 자랐기에 하고 싶은 말은 이토록 다 할 수 있는 걸까.

7.

요즘 아버지는 로스쿨 타령이시다. 고등학생 때까지만 해도 아버지보다 성적이 별로인 동창이 있었는데 그 동창이 20대 후반에 의학전문대학원에 들어가더니 장인이 병원장인 와이프를 만나 아주 승승장구하고있다며, 백반을 팔아 먹고사는 당신의 신세에 대한 비판도 빼놓지 않으셨다. 아버지는 해윤에게 우리처럼 어려운 사람들은 로스쿨에서 장학금도 많이 주니 평생 먹고 살 걱정 없으려면 전문직을 가져야 한다고 했다. 해윤은 네네 건성으로 대답하며 코웃음을 친다. 아빠는 나한테 해준 거에 비해 바라는 게 너무 많아.

해윤의 아버지가 재직하던 기업에 해윤도 시험을 보러간 적이 있다. 아버지 때는 명문대 졸업장만 있으면 모셔갔다지만 지금은 인턴도 논술시험을 쳐 뽑는다. 인턴 면접에서 떨어진 것은 둘째 치고 해윤은 아버지가 그 기업에서 계속 일을 했었더라면 해윤을 좋은 자리에 꽂아주어 승진이 빨리 되지 않았을까, 상상을 해본다. 원래 빽이란 건 나한텐 없는 걸 남이 쓸 때에 배가 아픈 법이니까.

해윤은 문제집에 형광펜으로 의미없는 밑줄을 치다가 결국 책을 덮었다. 오후에 보고 온 아르바이트 면접의 기억을 떠올리지 않으려고 해도 자꾸만 불쾌한 감정이 되살아났다. 면접을 보기 이틀 전날엔 이런 일도 있었다. 이제 아르바이트를 그만하고 공부에 집중하고 싶어 해윤은 부모님께 딱 1년만이라도 도와달라고, 눈물을 뚝뚝 흘리며 빌었다. 솔직히 나 대학교 입학하고 너무 힘들게 살았어요. 이제 좀 남들처럼 공부만 하면 안 돼요? 반에서 제일 최신기종의 휴대폰을 쓰고 뒷면에 한입 베어 문 사과가 그려진 태블릿을 들고다니던 과거는 해윤의 한탄에 절대 등장해서는 안 되는 소재이다.

해윤의 얘길 들은 어머니가 애처로운 목소리로 말했다.

"딸. 우리 집 힘든 거 알잖니… 너희 오빠 장가도 보내야 하고…."

아버지가 아무 말도 없이 바닥만 바라보고 있자 해윤은 지금이 7년간 묵혀왔던 앙금을 꺼낼 최적의 타이밍임을 깨닫는다.

"아빠. 나 유학 보내준다면서. 근데 지금 이게 뭐야. 나 토익 시험 칠 돈도 없어요."

그 말에 아버지의 어깨가 움찔거리는 것이 보였다. 그 모습에 죄책감을 느끼기에 사실 해윤은 아버지와의 유대관계가 그리 깊지 않다. 어린 해윤의 눈에 아버지는 그저 용돈을 많이 주고 친구들과 술을 자주 마시러 다니는 사람이었을 뿐이다. 이는 곧 해윤을 쓸쓸함과 외로움이라는 틀 안에서 빠져나오지 못하게 하는 기제로 작용했다. 아버지가 잠시 숨을 고르더니 입을 열었다.

"박해윤."

"…?"

그런데 그 목소리가 낮게 가라앉아 있었다. 성격이 엄했던 아버지가 해윤을 혼내려고 할 때마다 포문을 열었던 첫마디다. 이름 세 글자, 박해윤. 해윤은 오랜만에 들은 호칭에 어린 시절의 기억이 되살아나 몸이 살짝 떨려오는 걸 느끼며 아무렇지 않은 척 목소리를 가다듬었다.

"…네."

"너는 이제부터 어떻게 살 거냐."

"네?"

난데없는 질문이다. 어머니가 아버지의 팔을 잡으며 그만하라는 신호를 보냈지만 아버지는 이야기를 멈추지 않았다.

"네가 맨날 아빠탓하는 거 아빠도 잘 알고 있다. 아빠도 잘한 거 없고, 너도 어렸으니까 이때까진 그러려니 했어. 엄마랑 아빠랑 말을 안 해서 그렇지 그래도 너 시집 갈 때 남부럽지 않게 해주려고 돈도 모으는 중이다."

"여보. 그만…."

"해윤아. 내 딸이지만 너는…."

해윤은 어째서 아버지가 제게 화를 내는지 이해를 할 수 없다. 잘 살던 딸을 아르바이트 전선으로 내몬 것은 아버지가 아닌가.

그러나 아버지의 생각은 해윤과 다른 것 같았다.

"너무하다. 박해윤."

실핏줄이 다 터진 아버지의 눈동자가 보였다. 해윤은 대체 왜 아버지가 지금 저를 이런 눈빛으로 바라보는지도 모르겠고 제가 무엇을 잘못한지는 더더욱 모르겠다. 아버지가 더 할 말이 남은 듯 입술을 달싹이다가 먼저 방에 들어갔다. 어머니가 해윤에게로 좀 더 당겨앉아 해윤의 손을 잡았다.

"…딸. 어느 정도로 필요한데?"

해윤은 여전히 아버지가 한 말의 뜻이 이해가 가지 않아 넋이 나간 채로 어머니의 질문에 답했다.

"1년… 못해도 1년은 집중하고 싶어."

내 인생을 망친 게 누군데, 정말 원망받아야 할 사람이 누군데. 해윤의 인생에 아버지를 좋아하게 될 날은 다시 찾아오지 않을 것 같았다.

8.

오늘은 수민네 회사에 새로 뽑은 사무보조 알바생이 오는 날이다. 수민이 사수를 맡기로 했다. 차장님이 똑똑한 애로 잘 뽑아놓았으니 수민이 네가 편할 거라고 큰소리를 친 덕에 큰 걱정은 들지 않는다. 그렇지만 똑똑한 아이 뒤에 따라오는 실패한 명문대생이라는 타이틀은 수민을 묘한 감정에 빠지게 한다. A대 졸업생인데 행시 준비하고 이것저것 준비하다 잘 안 됐다네. 대학은 별로여도 일찍 취업해서 돈 벌고 있는 내 삶이 더 괜찮다는 위안은 이런 때에야 비로소 얻을 수 있다.

수민은 집을 나서기 전 마지막으로 화장이 뜨진 않았는지 얼굴 상태를 재점검하고 문고리를 돌렸다. 오늘은 그래도 새로운 사람을 만나는 날이니 단정해 보이는 자켓과 슬랙스를 골랐다. 끝이 뚝뚝 끊어지는 머리카락은 곧 다듬을 예정이다. 수민은 언제나 그랬듯 오늘 아침도 아버지가 태워주는 차를 타고 출근길에 올랐다. 수민은 아직 차가 없고 아버지는 적적한 노년 초입을 싹싹한 딸의 존재로 달래셨다. 얘기만 하면 아버지가 바로 차를 뽑아줄 테지만 아버지와 남자친구 덕에 아직은 자가용의 필요성을 느끼지 못한다.

"잘 다녀와. 딸~"

"네에~"

수민은 여성복 쇼핑몰에서 MD로 일하고 있다. 취미로 매일 입은 옷을 찍어 올리던 블로그가 여초 커뮤니티에서 입소문을 타 수민은 한순간에 인플루언서가 되었다. 유명세를 이용해 협찬도 받고, 공동구매도 열고, 그 돈을 모아 부모님께 용돈을 드리기도 했다. 어차피 때마다 아버지에게 몇 배로 돌려받긴 했지만 말이다.

그 경험을 이용해 지금의 회사에 수월하게 취직할 수 있었다. 부모님이 우리 딸이 여기 다닌다고 자랑할 수 있는 회사의 마지노선 같은 곳에다 연봉도 복지도 꽤 괜찮아서, 수민은 실적 압박에 매달 피가 말리는 기간을 제외하면 큰 불만 없이 근속연수를 채워나갔다. 회사 동료들도 수민을 대놓고 싫어하는 40대의 여자 상사 한 명만 빼면 괜찮았다. 그러나 수민은 대학 시절 동아리의 은서처럼, 본인 같은 유형을 특별히 싫어하는 여자들에게 제법 내성이 생긴 상태였다. 여고 출신인 점이 도움이 되기도 했다.

문을 열고 들어가니 수민의 자리 근처에 쭈뼛대며 서있는 낯선 사람이 보였다. 저 사람이 오늘 온다던… 이름이 뭐였더라.

"해윤 씨?"

"네? 아, 네!"

수민은 티가 나지 않게 해윤의 전신을 스캔했다. 약간 올라간 눈매에 얇은 입술, 큰 키에 보통 체형. 입은 옷은 자켓에 청바지인데 크게 옷에 관심이 있는 사람은 아닌 것 같다. 첫인상은 약간 차가워 보인다. 자기 기분을 못 숨겨 회사 분위기를 망치는 어린애만 아니었으면 좋겠다. 수민은 빙글빙글 웃으며 해윤이 앉을 의자를 빼주었다.

"저는 강수민이에요."

"네. 박해윤입니다."

"부장님한테는 인사 다 드렸어요?"

"아뇨, 아직."

"그럼 인사 먼저 드리고 올까요?"

수민이 해윤의 팔을 가볍게 잡아끌며 해윤을 데리고 사무실을 한 바퀴 돌았다. 간단한 목례와 눈인사. 첫인상은 조금 딱딱해 보였는데 그래도 사회생활의 기본은 할 줄 아는 애 같아 보여 안심했다. 수민은 해윤을 자리에 앉히고 발주 목록이 들어있는 엑셀 파일을 켰다.

취업 준비 당시 썼던 자소서엔 수민이 SNS를 이용해 옷을 판매한 경험과 휴학기간 동안 아버지가 보내준 세계일주를 잘 녹여내 수민이 해당 직군에 관심도 많고, 시야도 넓은 인재라는 점을 강조했다. 면접관들이 관심 있게 물어본 부분도 거기였다. 이런 걸 보면 역시, 바보같이 학벌과 학점에 목을 매는 범생이들보다는 외국에 나가서 바람도 쐴 줄 아는 본인 같은 사람이 기업이 원하는 인재상에 딱 들어맞는단 생각이 든다.

9.

장관 후보자 스캔들로 에스핌은 있는 집 자식들의 전유물이라는 게 땅땅 확정되어버리니 에스핌 복용 여부는 사람들의 열등감을 자극하는 새로운 포인트가 되어버렸어요. 이때 등장한 신조어가 에스핌남, 에스핌녀. 그런데 이건 에스핌충보다는 훨씬 긍정적인 의미로, 에스핌을 먹을 수 있을 만한 재력의 부모를 두었다고 과시하는 용도인 거죠. 어떤 유튜버가 에스핌녀 컨셉으로 인기를 끌었다가 입고 다니던 명품이 다 짝퉁인 게 밝혀지면서 에스핌녀라는 주장도 허위인 게 분명하다고 사람들이 엄청 까댄 사건도 있었어요. 커뮤니티엔 이런 글도 심심찮게 올라왔구요.

<요즘 명문대 여대생들 사이에선 에스핌남 찾는 게 유행이라네요>

저도 후배한테 듣고 적잖이 충격을 받았는데 에스핌 먹었다는 거에서 부모 재력은 일단 입증되는 거니까 본인이랑 학벌 맞고, 집안 급도 따지고 싶어하는 여대생들이 에스핌남 찾으려고 기를 쓴다더라구요

인터넷에서만 에스핌충 하지, 현실에서는 이런 게 부끄러운 게 아니라 자기 집 재력을 당당하게 밝힐 수 있는 분위기라 하더라구요

그런 이야기 들으면 참 우리 때에는 있어도 없는 척하는 게 서로에게 예의였는데 세상이 많이 달라졌구나 생각도 들고 저 같은 놈은 어리고 예쁜 처자 어디 가서 만날 수 있나 싶네요 부모님이 원망스러워지는 밤입니다

추천 6 비추천 89

AWP 저 B대생인데 사실무근입니다. 지잡대에서나 그러겠죠.
네크기어 AWP 인증 ㄱ
사회적격리두기 AWP 저 지잡대생인데 사실무근입니다. B대에서나 그러겠죠

배찌 ㅋㅋ전형적인 열폭글이네요. 저는 지잡대생인데도 예쁜 여자친구 잘 만나고 있습니다만.
지붕뚫고하이모 배찌 눈물부터 먼저 닦고 말씀해보세요.

또 등장한 웃긴 말. 에스핌 학번. 에스핌이 판매되던 3년간 고등학생이었던 xx년~xx년생 아이들을 가리키는 말이에요. 왜 초등학생, 중학생은 해당이 안 되느냐? 원래도 초등학생, 중학생 때까진 공부 잘하다가 고등학생 때 성적 내려가는 애들도 있는 것처럼 이렇게 어릴 때 에스핌를 먹고 지능이 높아졌대도 고등학생 때 상위권의 성적을 유지하는 것은 '노력'으로 쳐준다 이거죠. 그리고 사람들은 선망하는 동시에 혐오하는 대상의 범위가 너무 넓은 걸 좋아하지 않잖아요?

그러니까 저처럼 에스핌 먹고 성적에 전혀 변화가 없던 사람의 존재는 더더욱 감춰지기 쉬운 거였죠.

10.

누군가는 불행이 없는 상태를 행복이라 일컬었다.

그렇다면 민정은 지금 행복해야 맞았다. 부모님은 크게 아픈 곳 없이 건강하시며, 집에 가면 짧은 다리로 달려와 민정을 맞아주는 강아지가 있고, 민정을 아끼고 사랑해주는 남자친구가 있고, 현재의 민정에겐 큰 고민거리가 없다. 이만하면 행복한 삶이 맞다.

그런데 가슴 한가운데가 뻥 뚫린 듯한 이 기분은 왜 자꾸 민정을 괴롭히는 걸까?

민정의 부모님이 아직까지도 알지 못하는 사실이 하나 있다. 민정이 어릴 때에 부모님은 자주 다투셨고, 방문을 닫아놓고 싸워도 그 소리는 문을 뚫고 나와 민정의 침실까지 들어왔다. 싸움의 주제는 주로 돈. 없는 형편에 남편이 친구들과의 모임에서 술값을 자꾸 내고 오는 걸 이해하지 못하는 아내와 아내가 자식들한테 고기는 못 사먹여도 학원은 보내주려고 하는 걸 이해하지 못하는 남편의 언쟁. 민정은 잠이 들었다가도 새벽이면 자주 그 소리에 눈이 떠졌다. 그리고 들려오는 아버지의 고함 소리.

그러게 내가 하나만 낳자고 했잖아!

애는 나 혼자 가졌어? 그리고 당신 엄마가 계속 아들, 아들 노래를 불렀던 거 기억 안 나?!

지금 우리 어머니 얘기가 왜 나와!

당신이 먼저…….

어린 민정은 이불을 머리 끝까지 올리고 생각했다. 나는 태어나지 말았어야 할 아이.

다음 날 민정이 세탁물을 개는 어머니의 앞에 가 섰다.

"엄마. 나 학원 안 다닐래."

"갑자기 왜?"

"그냥……. 선생님이 너무 못 가르쳐."

"그럼 다른 데로 옮기면 되지."

"아냐. 나 혼자 공부할래."

"괜찮겠어??"

"응."

민정은 엄마의 옆에 앉아 수건 개는 걸 돕기 시작했다. 이때를 기점으로 민정의 몸 속 모든 세포는 타인에게 민폐를 끼치지 않는 데에 에너지를 쏟기 시작한다.

"······헉!"

민정이 식은땀을 흘리며 눈을 떴다. 협탁을 더듬거려 확인한 휴대폰으로 시간을 확인해보니 원래 일어나던 시간에서 35분을 앞서있었다. 꿈자리가 사나운 편은 아니었지만, 가끔씩 찾아오는 악몽의 소재는 항상 11살에 지냈던 새벽의 기억이었다.

모두가 죄책감을 갖고 사는 줄 알았다. 모두 부모님께 태어난 걸 미안해하며, 어떻게 하면 조금이라도 덜 민폐를 끼치면서 살 수 있을까 고민하며 사는 줄 알았다. 살아오며 만난 사람들의 표본이 다양해질수록, 그런 생각은 해본 적도 없어 보이는 사람을 만날수록, 보상받지 못하는 과거에 민정은 늘 어째서 이런 운명이 내게 주어졌는지를 고민했다.

영지는 이제 수민과 만나고 싶지 않다고 했다. 안 맞는 건 알았지만 그래도 애가 그냥 머릿속이 좀 꽃밭이겠거니 했는데 이젠 진짜 질려서 상종도 하기 싫다고. 민정에겐 영지도, 수민도, 소중한 친구였지만 영지의 생각이 그렇다니 어쩔 수 없어 보였다.

침대에서 바로 일어나는 대신 밤새 쌓인 메시지를 확인하기 위해 카카오톡을 켰다. 관성적으로 친구 목록을 내리다 보니 '박해윤'이라는 성명 옆에 프로필 사진이 바뀌었음을 알리는 빨간 점이 떠있는 게 보였다. 직접 찍은 풍경 사진이 삭제되고 프로필이 기본 모드로 돌아가있었다.

해윤이한테 무슨 일이 있나? 그러고 보니 해윤이에게도 연락을 한번 해야할 텐데, 라는 생각을 하며 민정은 무거운 몸을 일으켰다.

해윤과 민정은 같은 패밀리 레스토랑에서 알바를 하며 친해진 사이다. 두 사람은 처음부터 대화가 잘 통해 쉽게 친해질 수 있었다. 해윤의 첫인상이 차가워 보여 쉽사리 말을 걸지 못하던 민정에게 먼저 다가와 준 해윤이었다. 두 살 아래의 해윤은 어른스러우면서도, 적당히 사회성을 연기할 줄 알고, 일을 배우는 속도도 빨랐다. 물론 '배우는 속도가 빠르다'는 평가에 해윤이 A대를 다니고 있다는 사실이 작용했음을 민정은 부정하지 않았다.

해윤이 공부 잘하는구나. 부럽다. 민정은 생각했다. 해윤이 마침 저와 같은 '에스핌 학번'에 속해있다는 것을 알기에 '혹시 해윤이도?'라는 의심이 들긴 했지만 부러운 건 부러운 거였다. 민정은 늘 자신감에 차있고 당당해보이는 해윤에게 끌렸다. 그런 특성은 민정이 다시 태어나야만 가질 수 있는 것이었으니까.

민정은 손으로 액정을 밀어 올려 카카오톡 제일 상단에 떠있는 제 프로필을 바라봤다. 프로필 사진 옆에 떠있는 이름 석 자. 김민정. 평범하기 짝이 없는 이름. 지은 사람이 고심한 흔적이라곤 느껴지지 않는 이름. 이런 이름을 갖고 태어났으니 따분한 삶을 살 수밖에. 민정은 휴대폰을 침대에 내려놓았다. 오늘도 여지없이 축 처져있지만 그렇게 불행하지는 않은 하루가 전개될 예정이었다.

||

내가 돈만 벌고 뜬다. 잠을 잘못 잤는지 뭉쳐오는 어깨를 주물러주며 해윤은 최고의 복수는 성공이라는 말을 다시금 머릿속에 새겨넣었다.

부모님과의 대화 후 해윤은 단기로 할 수 있는 사무보조 일자리를 찾기 시작했다. 어느 정도의 지원이 약속되어 있었으니 해윤이 돈을 보태기만 하면 됐다. 해윤은 마침 집 근처에 두 달짜리로 나온 사무보조 자리에 이력서를 보냈고, 여기에 붙으면 주말에 하고있는 카페 아르바이트도 다음 달이면 그만둘 계획이었다.

면접 연락은 이력서를 보낸 지 4시간 후에 왔다. 사람이 급한가보다 싶었다. 해윤은 전화로 약속한 시간에 맞춰 면접을 보기 위해 회사로 향했다.

　　해윤을 면접본 남자의 직급이 뭐였는진 모르겠다. 다만 면접 보기 귀찮아 죽겠다는 티를 팍팍 내며 이력서를 대충 훑어보던 무감한 얼굴만은 잘 알았다. 면접 질문이 죄다 신상에 관한 것들뿐이라 해윤은 억지웃음을 연기하기도 귀찮아졌다. 부모님 직업이 뭐예요? 오빠는 결혼했어요? 결혼했으면 조카는 있어요? 그러다가 마지막 한 방. 이력서 제일 윗칸에 쓰인 것을 이제야 발견한 듯 남자의 눈썹이 기분 나쁘게 씰룩거렸다.

　　"A대 나왔네? 좋은 데 나왔는데 왜 아직까지 취직을 못했어요?"

　　해윤은 당황하지 않았다. 예상하지 못한 질문은 아니었기 때문이다.

　　"아. 제가 시험을 준비…."

　　"xx년생? 그럼 에스핌학번이라 그런가? A대도 에스핌 먹고 들어갔어요?"

　　"네? 저는….''

　　"다음 주부터 바로 나올 수 있어요? 등본이랑 통장 준비해서 오면 되고. 계약서는 그때 가서 씁시다."

　　"…네."

　　이런 질문은 해윤의 이름 속 모음을 묻는 질문만큼이나 빈번하게 들어왔다. 좋은 대학 나왔네? 근데 나이가 xx살이네? 그럼 에스핌 먹고 대학 간 거 아니야? 화자는 주로 해윤 부모님의 또래들. 이웃집에 숟가락이 몇 개 있는지 아는 게 한국인 특유의 정(情)이라고 생각하는 세대들. 내 자식이 대학을 잘 간 건 노력을 했기 때문이며, 네 자식이 좋은 대학에 다니는 건 에스핌을 먹었기 때문이라 믿는 게 마음이 편한 사람들.

　　해윤은 그저 저런 말을 하는 이들의 자식이 멍청하고 게을러 좋은 대학에 가지 못한 걸 엉뚱한 타인에게 화풀이를 한다고 믿으며 마음을 달랬다.

에스핌을 먹으면 공부를 잘하게 된다니 허무맹랑한 이야기잖은가. 애초에 해윤은 사람들이 전문가의 견해보다 커뮤니티의 저급적인 글에 더욱 더 열광하는 걸 이해할 수 없었다.

해윤이 코로나에 걸렸을 때 아버지가 슬쩍 에스핌을 친구한테서 처방받을 수 있다는 얘길 하긴 했지만.

면접은 어쨌든 붙긴 붙었다. 그저 그 면접관이 제 사수만은 아니기를 바라는 마음뿐이었다. 그런데 그 불쾌한 면접관과는 다른 갈래로 사람을 기분 나쁘게 하는 복병이 있을 줄은 상상하지 못했다. 그것도 내 사수가.

해윤이 출근한 지 3일째가 되는 날에 해윤은 수민과 면접관, 이렇게 셋이서 점심을 먹으러 갔다. 그의 직위는 차장이었다. 차장은 면접관으로서뿐만 아니라 상사로서도 이상한 사람이었다. 식사 중에도 계속 해윤의 신상에 관한 질문을 던지더니 종래에는.

"박해윤 씨가 몇 살이었지?"

"스물일곱입니다."

"하~ 스물일곱이면 얼른 취직해서 시집가고 애 낳아야겠네."

반찬을 집던 해윤의 젓가락이 멈추었다. 해윤은 반응하지 말자고 속으로 되뇌며 반찬을 입으로 옮겼다.

끊겨버린 대화를 이어나간 것은 수민이었다.

"에이, 차장님! 요즘 스물일곱이 무슨 결혼이에요~"

"스물일곱이면 낼모레 서른이다 너? 다 늙어서 애기 낳으면 얼마나 힘든데~"

"저는 스물여덟인데요?"

"벌써 그렇게 됐어?"

"네. 나이 먹으니까 진짜 하루하루가 달라요~ 저는 요즘 국물 없인 밥이 안 넘어간다니깐요."

"이제 더 심해질 일만 남았다 수민 씨."

둘이서 잘 놀고 있네. 해윤은 식사를 끝마칠 때까지 가벼운 반응을 하는 것 이외엔 입을 열지 않았다.

그저 잠깐 불쾌하고 말았을 점심식사에 쐐기를 박아준 것은 수민이었다. 수민은 차장을 먼저 보낸 뒤 커피를 사들고 돌아가는 길에 해윤에게 이런 얘기를 꺼냈다.

"해윤 씨. 해윤 씨가 굳이 그렇게 윗사람한테 기분 나쁜 걸 티낼 필요는 없어요~"

"네?"

스무디를 한 모금 쪼로록 마셨다가 관자놀이 부분이 찡하게 아려오는 걸 느끼며 해윤이 되물었다. 무슨 얘기를 하려는 거지?

"우리 차장님 그냥 좀 옛날 사람인 거지 나쁜 사람은 아녜요. 해윤 씨가 알바하러 온 거긴 하지만~ 그래도 계속 볼 건데. 굳이 그렇게 대답 안 해가면서 거리 둘 필요 있나?"

"……."

"좀 애교도 떨고 그래 봐~ 우리 차장님 그런 거 좋아하시거든요."

"……."

아. 이 사람…….

어떤 사람이 나와 맞지 않을 것 같다는 육감은 본능이 아니라 데이터에 기반했다. 빨대를 잘근잘근 씹는 해윤의 표정이 굳은 것도 개의치않고 수민은 계속 하고 싶은 말을 했다.

"조금만 지나도 내 말이 무슨 뜻인지 다 이해할 거예요~"

어제와 그저께는 해윤은 수민과 둘이서만 점심을 먹었다. 점심을 먹는 내내 이어진 사원, 주임, 대리, 과장, 차장, 부장, 전 직급을 아우르는 수민의 뒷담화에 해윤은 수민은 정말 착하고 쾌활한데 회사 사람들이 나쁜 줄로만 알았다. 1분 전까지 수민의 입방아에 찢어지던 과장이 수민의 앞에 나타나자마자 수민이 언제 그랬냐는 듯 '과장님~'하며 달라붙는 모습을 보았음에도.

해윤이 보기에 수민은 그럴 수 있는 사람이었다. 생각 없이 생글생글 웃고 다니면 남들이 다 예뻐해 주고 도와주는 사람. 인생에 있던 큰 고난을 뽑으라 해 봤자 좋아하던 남자한테 차인 거. 그게 다겠지.

그리고 마침 같은 주 토요일에, 해윤이 일하는 카페에 그런 손님이 찾아온 것은, 돌이켜보면 머피의 법칙과도 같은 일이었다.

12.

수민은 저녁까지 잡혀있던 혁진과의 데이트가 혁진의 회사에 갑자기 터진 일로 일찍 끝나게 되어 뾰로통한 기분으로 집에 돌아왔다. 둘 다 직장에 다니니 이전보다 만나는 횟수가 줄어든 것은 어쩔 수 없다지만 수민은 요즘 혁진에게 잡은 물고기 취급을 당하는 것 같아 속상했다. 여자의 직감, 그런 게 있다. 저를 바라보는 혁진의 눈이 예전보다 덜 반짝거리는 것 같은 느낌.

수민은 옷을 갈아입은 뒤 화장솜으로 눈가를 문지르며 주방으로 나갔다. 가족들은 다 식사를 마친 것 같았다. 냉장고를 열어 반찬을 꺼내고 식탁에 올렸다. 수저도 올리고, 마지막으로 밥솥에서 밥을 푸는데 주방 옆 아버지가 서재로 쓰는 방에서 아버지의 큰 목소리가 들려왔다.

"아니, 그래서 그 싸가지 없는 년이 말야~"

수민은 조용히 밥솥을 닫았다. 아버지는 수민이 집에 돌아온 소리를 듣지 못한 것 같았다. 우리 아버지의 입에서 나오리라곤 상상도 못한 단어. 수민은 발걸음 소리를 죽이고 문 바로 앞까지 걸어가 귀를 가까이 댔다.

"사장 불러오라고 하니까 사장님 오늘 안 나오셨다고 또 말대꾸하는 거야."

처음 들어보는 아버지의 목소리였다.

"내가 이 아파트 주민인데 우리 아파트 안에 있는 카페에서 일하는 주제에 주민한테 그딴 식으로 구는 게 말이 된다고 생각해?"

수민에게는 한번도 들려준 적 없던 목소리.

그것을 지각하고 나서야 수민은 아버지의 얘기 안에 들어있는 '우리 아파트 안에 있는 카페'라는 단어가 어째서 유난히 섬찟하게 다가오는지 깨달았다.

공기에 절반도 담겨있지 않은 밥조차 수민은 다 비울 수가 없었다. 그리고 15분 정도가 지났을까, 아버지가 방에서 나왔다.

"어? 딸. 일찍 왔네?"

"…응."

"왜 반찬을 이것만 꺼내놓고 먹어."

"그냥……. 배가 별로 안 고파서."

반찬통의 뚜껑을 닫는 제 모습이 어색해 보이지는 않을까 걱정했다. 도저히 평소처럼 아버지를 대할 수가 없었다. 아버지는 배고파지면 이걸로 뭘 시켜먹으라며 만 원짜리 지폐 세 장을 놔두고 돌아갔다. 수민이 일어나 식탁을 정리하기 시작했다.

  아파트 안에 있는 카페에서.

  일하는.

  그 단서들에 수민은 해윤과 그저께 나눈 대화가 떠올랐다.

  '해윤 씨는 남자친구 없어요?'

  '아…. 네.'

  '남자친구 있어야 재미있는 데도 같이 놀러가고 할 텐데~ 그럼 주말엔 뭐해요?'

  '주말엔 알바해요.'

  '그럼 쉬는 요일이 없네?'

  '네.'

  '무슨 알반데요?'

  '카페에서 하고 있어요. 저기…. C아파트 상가에 있는.'

  '어? 나 거기 사는데~!'

  개수대에 그릇을 내려놓던 해윤의 손이 미끄러졌다. 그릇끼리 부딪혀 내는 파열음이 조용한 집 안을 가득 채웠다.

  수민은 생각했다.

설마.

해윤 씨인가?

13.

저는 그때 고등학생이니까 분위기를 생생하게 체감할 수 있었죠. 기자님도 저랑 나이차이 얼마 안 나잖아요? 그때 고등학생이었죠?

그땐 이미 코로나에 걸려도 격리를 하는 게 의무가 아니라 권고 사항이라 일주일 꽉 채워 격리하고 오는 애는 드물었어요. 그냥 컨디션 봐가면서 선생님이랑 조율해가고 그랬죠. 저도 한 3일 쉬었나… 이거 익명 보장되는 거 맞죠? 진짜죠?

하……. 네. 저 에스핌 먹었어요. 아버지 친한 동창분이 의사셔서 그 병원 가서 타왔죠. 그때까진 처방 자체가 금지된 건 아니었으니까요. 사실 저도 에스핌 먹기 전에 되게 기대했단 말이에요? 이 약만 먹으면 나도 성적 팍 오르고 그런 거 아닐까 하는. 근데 지금 저 보세요. 효과 있었으면 더 좋은 대학 갔을 걸요.

집에서 며칠 쉬다가 오랜만에 교실 문을 열 때의 그 애매한 공기가 있어요. 친구가 병에 걸렸다가 나아서 왔으니 축하해주겠다는 눈빛들이 아니었어요 그건. 너 에스핌 먹었어? 아니지? 당연히 안 먹었겠지? 하는 의심의 눈초리들.

에스핌은 7일분을 처방받아서 아침저녁으로 먹어야 했는데 저녁에 먹는 약이 문제였죠. 아침엔 집에서 먹고 오면 되는데 저녁분은 석식을 먹고 복용해야 하잖아요. 근데 이걸 애들 보는 앞에서 먹을 수는 없으니 화장실로 몰래 숨겨가서 먹었죠. 생리대 파우치 안에 넣어서 자연스럽게 들고 갔어요. 여고라서 생리대는 눈치 안 보고 들고 다녀도 됐으니까.

근데 먹어도 똑같았어요. 공부 원래 하던 만큼 했고 오히려 평소보다 더 많이 엎드려서 잤던 것 같은데요…? 그럼 왜 내가 직접 먹어봤는데 아무 효과 없더라는 얘길 안 하고 다녔냐고요? 에이, 그런 얘길 어떻게 해요. 그리고 진짜 금수저들 말고는 그런 약 먹었다 했으면 두 배로 욕먹었을 걸요. 나랑 비슷한 환경인 줄 알았는데, 네가 어떻게 감히, 하는, 응보의 심리.

사람들은 타고난 금수저는 미워하지 못하지만 흙수저인 줄 알았는데 사실은 동수저고 은수저였던 이들을 나락으로 빠뜨리는 데에 미쳐있으니까요.

11.

초록글

<나 알바하다 진상손님 만나서 너무 우울하다…>

30분전 / 조회 462 / 추천 13

아파트 상가에 있는 카페에서 알바하는 익인데
어떤 아저씨 손님이 샷을 하나 추가해달라고 했어
그래서 추가로 500원 결제하고 분명 샷을 세 잔 넣어서 만들어 줬단 말이야?

근데 그 손님이 한 입 마셔보고 이게 샷 3잔 들어간 커피가 맞냐고
막 소리를 지르는 거야 ㅠㅠㅠㅠㅠㅠㅠㅠ

그래서 내가 틀림없다고 그랬더니

나보고 응대를 왜 이렇게 싸가지 없이 하냐고

……

"도착했다."

"어, 응."

민정이 인터넷 창을 끈 뒤 휴대폰을 가방에 넣었다. 오늘의 데이트 코스는 전시회 관람으로 시작한다. 민정은 못 본 사이에 볼이 홀쭉해진 건우의 얼굴을 바라보다가 건우의 손을 잡았다. 손가락이 시작되는 부분에 박인 굳은살과, 굵은 손가락. 한 품에 쏙 안길 수 있는 덩치. 내 남자친구.

건우가 부담스러워할까 봐 얘기를 꺼내진 못했지만 민정은 결혼을 한다면 건우와 하고 싶다. 적당한 나이 차에 제조업 회사의 연구원이라는 건우의 직업도 좋았다. 건우의 아버지는 젊을 때 딴 건축사 자격증으로 퇴직 후에도 건설회사에 들어가 감리 일을 하고 있었다. 그리고 민정은 그게 못내 마음에 걸렸다. 아버님 정도 되시는 분이 우리 집을 마음에 들어하실까?

건우의 나이에 결혼을 염두에 전혀 두지 않고 사귈 여자를 고를 리가 없다는 게 민정이 가진 희망이었다. 아직은 사귄 기간이 길지도 않고, 건우에게 부담을 주지 않으려 한다. 민정의 직전 연애는 민정이 남자친구에게 차임으로써 끝이 났다. 그때 남자친구가 든 핑계가 그거였다. '너는 너 혼자 연애하는 줄 알지? 너 혼자만 비련의 주인공이고.' 그 말을 들었을 때엔 사랑이 식었다는 얘기를 뭐 그렇게 현학적으로 돌려서 하나 싶어 어이가 없었는데, 지금은 그 말이 조금 이해가 간다.

"무슨 생각해?"

건우가 장난스레 민정의 볼을 콕콕 찌르며 물었다. 민정은 그 손가락을 잡아채 왕 깨무는 시늉을 했다.

"그냥~ 내일 회사 가기 싫어서~"

민정은 가방끈을 고쳐맸다. 기다리자, 기다리자. 오빠를 부담스럽게 하지 말자.

15.

해윤은 눈을 뜨자마자 아침이 왔다는 사실에 절망했다. 사람은 대체 왜 잠을 자면 눈을 떠야하는 거지? 가뜩이나 연속된 근무에 몸도 피곤한테 토요일엔 진상을 부리는 아저씨를 만나 마음에까지 피로가 쌓였다. 친구에게 징징거리고, 커뮤니티에 글을 올려 댓글로 위로받는 것으로 당장의 상처는 아물었지만 이 기억은 아주 오랫동안 해윤을 따라다닐 것을 알았다. 더 큰 폭풍이 밀려와 덮어버리지 않는 한은.

해윤이 주말에 일하는 카페는 근방의 신축 아파트 단지 상가에 입점해 있어 아파트의 주민들이 주 이용고객이었다. 매매가가 만만찮은 아파트인 만큼 카페에 오는 손님들을 보면, 뭐랄까, 역시 여유와 매너가 느껴졌지만, 간혹 카페의 아르바이트생이 본인이 입주민으로서 누릴 수 있는 복지 서비스인 양 행동하는 이들도 있었다. 그런 치들에 익숙해졌네 싶다가도 한 번쯤 명치께에서 무언가가 올라왔다.

해윤은 일어나 세수를 하고, 스킨과 크림을 바르고, 선크림을 바르고 비비크림을 바르고, 눈썹을 그리다가, 이 모든 귀찮은 일들이 사무보조 아르바이트 때문인 것을 상기해낸 후, 굴절된 분노의 불똥을 사무보조 알바를 하며 만난 수민에게로 전가하기 시작했다.

그런 사람은 이렇게 돈 몇 푼 벌자고 아저씨한테 쌍욕을 먹는 일도 없겠지?

해윤이 들고있던 아이브로우를 탁 소리가 나게 내려놓았다.

해윤이 사무실의 문을 열었다. 외근이 잦은 업종이라 출근을 하자마자 일찌감치 자리를 비운 직원들이 꽤 있었다. 조용히 의자를 빼내고 자리에 앉은 해윤에게 수민이 인사를 건넸다.

"해윤 씨… 주말 잘 보냈어요?"

"네? 네… 주임님은요?"

"저는 뭐… …아르바이트는 잘했어요?"

"네?"

뜻밖의 질문에 해윤이 당황했다. 내가 아르바이트를 잘하고 왔는지를 이 사람이 왜 물어본담.

"네에… 잘하고 왔어요."

"아…"

대화가 끝났음에도 수민이 안절부절못하며 근처를 어물쩡거렸다. 해윤은 신경쓰지 않고 일을 시작하려다가 결국 의자를 수민 쪽으로 돌렸다.

"주임님. 하시고 싶은 말씀 있으세요?"

수민이 입술을 달싹거렸다.

"아니… 그… 일하면서 힘든 건 없었나 싶어서…"

"…네?"

평소의 수민답지 않은 태도였다. 작아진 목소리와 버벅거리는 말투. 항상 또랑또랑한 목소리로 사무실의 분위기를 띄우는 수민이었다. 그렇지만 지금은 하는 질문마저 이상했다. 갑자기 아르바이트를 잘하고 왔는지, 힘든 일은 없었는지를 궁금해한다는 게 해윤으로서는 이해가 가지 않는다. '무슨 일'이 있었던 건 맞지만 수민에게 그걸 터놓을 만큼 두 사람이 친한 사이도 아니었고 수민이 한 질문의 의도도 모르겠는데 개인적인 일을 떠벌리고 싶진 않았다.

물론 수민이 그 일과 아무 관계가 없다는 전제 하에서 말이다.

"기분이… 안 좋아서 그랬을 거예요. 아저씨들… 잘 그러니까."

"네?"

"…."

수민은 더 하고 싶은 말이 남은 표정을 짓고는 몸을 돌려 키보드를 두드리기 시작했다. 해윤은 수민에게 들은 말을 망망대해에 던져놓았다가 점심시간 직전이 되어서야 실타래가 엉킨 지점을 찾아낼 수 있었다.

아는구나.

내가 무슨 일을 당했는지, 아는 거야.

그렇다면 어떻게?

수민이 C 아파트에 산다는 것을 해윤도 들었다. 해윤이 일하는 카페가 자리한 아파트였다. 그러니 오다가다 해윤의 모습을 보는 것도 무리는 아니다.

그렇지만 여기서 끝내기엔 석연치 않은 부분들이 존재했다.

나한테 어떤 일이 일어났는지 알기는 아는데, 그 가해자를 감싸주려고 하는 듯한 느낌을 받았다면, 내 과잉해석일까? 해윤은 백반집에서 반찬을 집어먹는 둥 마는 둥하며 식사를 이어갔다. 그런 해윤을 본 수민이 말을 걸었다.

"해윤 씨. 입맛이 없어요?"

"네? 아, 죄송합니다. 딴 생각을 하느라⋯."

"많이 먹어요. 해윤 씨는 살 좀 쪄야겠던데~"

"⋯⋯."

수민은 아침의 의기소침해 보이던 모습에서 선을 넘는 듯 마는 듯 무례한 원래의 모습으로 돌아와 있었다. 해윤이 보기에 그랬단 얘기다. 그 모습에 해윤은 마음속 무언가가 발화하는 느낌이 들어 이대로 넘기기가 싫어졌다. 그래서 해윤은 질문을 던졌다. 수민을 똑바로 응시하며.

"주임님. 토요일에 뭐 하셨어요?"

"나요? 나는 토요일마다 데이트하죠~"

"그럼 가족 분들이랑 집에 계신 건 아니네요?"

"네."

"혹시 주임님."

중년 남성.

수민이 감싸주려고 하는.

바로 떠오르는 인물은 하나.

"주임님 아버지께선, 토요일에 어디 계셨어요?"

"⋯네?"

해윤은 수민의 눈을 피하지 않았다. 눈과 눈 사이에 흐르는 감정이 묘했다. 이에 심상찮은 기색을 느낀 차장이 분위기를 풀기 위해, 사실은 귀찮은 일에 휘말리기 싫어, 실실 웃으며 말을 붙였다.

"아니 해윤 씨가 수민 씨 아버님은 왜 궁금해하지? 수민 씨 아버님 대단한 분인 거 알바생한테까지 소문 퍼진 거야?"

"저, 차장님…."

"수민 씨 아버님이 말이야. 10년 전에 아~주 기가 막힌 타이밍에 마스크 공장을 매입했다가 또 기가 막힌 타이밍에 매각해서 돈방석에 올라앉은 분이야! 내가 건너건너 아는 분이라 얘기 많이 들었지."

당연히 역효과였다. 해윤은 저의 아버지와는 상반된 성공담에 이마의 힘줄이 삐쭉 솟는 것을 느꼈다. 그렇지만 지금은 중요한 게 그게 아니다.

마침내 수민이 입을 열었다.

"저희 아버지…."

약간 떨리는 목소리로.

"…집에 계셨대요."

해윤은 미간을 찡그렸다.

"…근처에 볼일 있어서 들른 친구 분이랑 D 커피 가서 잠깐 얘기 나눈 것 빼고는요."

수민은 정말이지 착한 딸이 되고 싶었다.

17.

아버지가 권했었어요. 수민아 에스핌 처방받을래? 너 성적도 자꾸 떨어지잖아. 요새 그거 처방해주는 병원이 어딨냐니까 아버지 친구 중에 의사가 계시대요. 그 분이 어려울 때 아버지가 많이 도와주셔서 오히려 그 분이 먼저 얘기를 꺼내셨다네요.

처음엔 싫다고 했어요. 그건 양심없는 사람들이나 먹는 거 아니냐고. 근데 아버지가 계속 제 성적을 들먹거리시니 저도 할말이 없었죠. 아버지가 지금은 동창들 중에서 가장 성공했지만 혼자 대학 이름 밝히기 쪽팔리던 20대 시절을 나에게 물려주고 싶지 않다고.

그런데요 아버지.

에스핌을 먹고도 그 대학밖에 가지 못한 제가 부끄러우셨나요?

18.

수민은 인정했다. 해윤이 받았을 마음의 상처가 걱정된다기보단 안에선 세상 가장 다정한 아빠인 척해놓고 밖에선 젊은 여자에게 화를 풀고 다니는 아버지에 대한 실망이 더 마음에 크게 자리 잡고 있다는 것을.

그날의 점심식사 이후 해윤과 수민은 약속이라도 한 듯 '그 일'에 대해서는 일절 언급도 하지 않았다. 수민이 대신 사과를 해 해윤의 기분을 풀어줄 수도 있었다. 그렇지만 수민은 아버지가 해윤에게 직접 사과하고, 원래 수민이 알던 다정하고 상냥한 아버지의 모습으로 돌아와 주길 원했다. 사람은 누구나 실수를 할 수 있으니까. 인정하고 앞으로 나아가면 되는 거다.

친구들끼리 대화를 나누다가 에스핌이라는 단어가 올라오면 재빨리 화제를 바꾸려 이런저런 얘기를 꺼내던, 그래서 한 친구에게 '남 말은 안 듣고 자기 얘기만 하는 애'라는 오해를 받던 과거가 떠올랐다.

그래서 수민은 아버지에게 얘기를 꺼내 보았다. 아빠, 나 사실 아빠가 아빠 친구랑 토요일에 통화하는 거 들었거든? 근데 그 알바생 우리 회사에서 일하고 있어. 나랑 같이 가서 사과하자, 응? 그러나 반응은 예상 밖이었다.

'딸. 아빠가 뭘 잘못했냐? 어떻게 듣기 좋은 소리만 들으면서 돈을 벌어? 그 알바생은 아빠한테 인생수업 받은 거야.'

무엇이 잘못됐는지조차 모르는 사람을 설득하는 일이 가능한 건가?

결국 수민은 아버지의 명예를 대신 지켜주기로 결심했다. 해윤이 앙심을 품고 이 일을 회사에 소문내기라도 한다면, 수민이 그간 고수해온 딸을 아끼는 자상한 아버지의 이미지는 물거품이 될 터였다. 아, 애초에 해윤 씨한테 순순히 털어놓는 게 아니었는데. 수민은 지난날의 양심을 포기하고 싶었다.

수민이 직원들이 대부분 외근을 나간 틈을 빌려 해윤을 탕비실로 불러냈다. 두 사람이 서면 꽉 차는 좁은 탕비실엔 커피 향이 풍겼다.

"해윤 씨."

"네."

키가 큰 해윤이 수민을 내려다보는 모양새였다.

"……눈치챘겠지만, 해윤 씨한테 알바할 때 화냈다던 아저씨…… 우리 아빠예요."

"……."

"미안해요 해윤 씨. 대신 사과할게요."

급하게 사과를 끝내고 자리를 뜨려 하는 수민의 손목을 해윤이 잡았다. 수민은 그대로 몸이 빙글 돌아갔다.

"그게 다예요?"

"……."

"주임님 아버지가 저한테 멍청한 년이라고 한 건 알고요? 부모한테 뭘 배웠냐고 했던 건 들으셨어요?"

"……해윤 씨."

"어떻게 부녀가 이렇게 쌍으로 뻔뻔해요?"

사실 해윤은 좁은 탕비실부터 마음에 들지 않았다. 사과를 하겠다는 사람이 커피 한잔 사줄 돈도 아까운 건가? 차라리 처음부터 몰랐다면 덜했을 텐데, 사과를 하자니 귀찮고 사과를 안 하자니 찜찜해서 대충 불러낸 거잖아. 해윤은 수민의 위선이 싫었다. 지금 해윤이 사과를 받아주지 않는다면 그걸 모두 해윤의 탓으로 돌릴 미래도 그려졌다. 이래 놓고 사무실에 돌아가면 칼같이 권력 있는 사람과 그렇지 않은 사람을 구분해 대하는 수민 특유의 사회생활도.

그러니까 해윤은 원래는 이렇게도 감정적인 사람이다. 어차피 계약기간도 얼마 남지 않았고 일 끝나면 안 볼 수민에게는, 이렇게 감정적으로 행동할 수 있는.

"그런 아버지 밑에서 배웠으니까 주임님이 이러죠."

"뭐라고요?"

"하고 싶은 소리 있으면 그냥 막 해버리고. 근데 또 상사한텐 절대 안 그러고 만만한 나한테만 그러고. 나이를 대체 어디로 먹은 거예요?"

"해윤 씨. 말이 좀 심한데요?"

"제가 말을 막 하면 그건 예의 없는 거고 주임님이 말을 함부로 하는 건 괜찮아요? 제발 생각을 하고 말을 좀 하세요. 모르면 공부를 하든가."

"하."

해윤이 건드린 곳은 수민의 급소였다. 수민이 이때까지 사귀어온 지인들과 사이가 틀어질 때마다 듣던 소리. 수민아 수민언니 수민누나 수민 씨 말을 좀 생각을 한 후에 해 하세요 해주세요.

그러니까 수민은 이미지를 관리해 보여야 하는 사람이 주변에 없으면 이렇게나 충동을 억제할 수 없는 사람이었다. 해윤처럼 제 회사생활에 지장을 줄 수 있는 위치도 아닌 만만한 이에게는 더더욱.

"말 다했어요? 돈 없어서 카페에서 알바나 하면서 욕먹는 거 불쌍해서 내가 대신 사과해줬더니 뭐라는 거예요? 그리고 우리 아빠 원래 엄청 좋은 사람이거든요? 아, 해윤 씨는 아빠가 돈이 없으니까 해윤 씨한테 알바나 시켜서 잘 모르나?"

"뭐……."

"나 아직 말 덜 끝났어요. 그리고 나도 맘고생 얼마나 심했는지 알아요? 나도 엄청 힘들었다고요! 왜 다들 내가 생각 없이 산다고 생각하지? 애초에 나니까 나보다 어리고 별것도 없는 사람 기분 신경 써서 사과해주는 거지, 해윤 씨 같은 알바생을 누가 챙겨준다고 그래요? 해윤 씨도 화낼 곳이 있으면 똑바로 정한 후에 말을 하세요. 진짜 웃겨. 자기들이 남친 관리 안 해놓고, 자기들이 돈 없어서 에스핌 못 먹어놓고……."

"아." 수민의 입이 직전의 음절을 발음하는 모양 그대로 굳었다. 내가 방금 무슨 얘길 한 거지? 수민은 뒤늦게 정신을 차렸다.

수민이 해윤의 표정을 확인했다.

그 표정이 청신호가 아니라는 것은, 바보가 아닌 이상 다 알았다.

해윤은 못 들은 척해줄 생각이 없어 보였다.

수민은 곧바로 해윤의 손을 감싸 쥐었다. 탕비실이 조금만 더 넓었더라면 무릎을 기꺼이 내어줬을지도 모른다.

"해, 해윤 씨…."

"……."

그때의 해윤이 느낀 건.

마스크를 쓰고 있었다면 입으로만 수민을 비웃을 수도 있었을 텐데, 코로나가 그립다, 따위들.

급변한 수민의 표정은 정말로 비굴해 보였으니까.

"해윤 씨 미안해요. 미안해요……."

"…."

그리고 깨달음. 사람에게 사과를 받는 게 이렇게 쉬운 일이었구나.

19.

"하하…."

해윤은 침대에 누워 베개를 끌어안고 오늘 있던 일을 천장에 그려보았다. 해윤은 정말 순수한 궁금증에서 수민에게 어느 대학을 나왔는지 물었다. 수민은 D 대학이라 답했다. 해윤은 혼자 있는 방에서 마음껏 웃음을 터뜨렸다. D 대학은 해윤이 저처럼 성적이 좋은 친구들과 있을 때 장난으로 '너 이 문제 틀리면 D대 추합으로 간다.'라고 부르던 곳이다.

웃기다. 에스핌을 먹고도 D 대학밖에 못 갔네.

인터넷에서 저급한 글을 보고 에스핌의 효과에 열광하던 사람들을 우매하게 여기던 해윤의 사고방식은, 때에 따라 기화될 수 있는 종류의 것이었다.

해윤은 요 며칠간 집에 돌아올 때마다 거실을 최대한 빠르게 지나쳐 방에 들어갔다. 오늘도 마찬가지였다. 아버지와는 여전히 어색했다.

해윤은 아버지와 화해하는 법을 알지 못한다. 싸운 적이 없었으니까. 해윤에게 아버지는 따라야 하는 어른이었지 이야기를 나눌 수 있는 가족이 아니었다. 이젠 경제력이라는 권위마저 잃고 이빨 빠진 사자가 된 아버지는 해윤에게 더 이상 어른도 가족도 될 수 없었다.

마찬가지로 지금의 해윤은 나이가 찼음에도 직장이 없고 수험에 연속해서 실패해 가끔은 본인이 A대를 나온 것을 숨기고 싶어지는, 초라한 자식이었다.

그러나 부모님께 미안함을 느껴본 적은 없다. 아버지가 유학만 보내줬어도 영어를 많이 써야 하는 직무에 수월히 합격했을 테니까. 어학연수를 다녀온 동기들이 만점에 가까운 영어성적만으로 밥벌이를 하고있는 걸 알게 되었을 때의 박탈감.

책상에 올려둔 휴대폰에서 카카오톡 알림 소리가 들렸다. 해윤은 침대에서 일어나 휴대폰의 잠긴 화면을 풀었다. 반가운 사람으로부터 메시지가 와있었다.

[민정 : 해윤아 잘 지내구 있닝ㅎㅎㅎ]

[민정 : 오랜만에 연락한당]

20.

민정은 오랜만에 해윤과 만날 생각에 들떠 약속 장소에도 일찍 도착했다. 지금 민정이 서있는 곳은 해윤과 같이 아르바이트를 하며 친해져 자주 놀러다닐 때에 항상 잡던 약속 장소와 동일했다. 어린이공원의 크고 이상하게 생긴 나무. 우리끼리 이걸 큰못난이 나무라 부르며 큰못난이 나무에서 만나, 했었는데. 민정이 옛 기억을 떠올리며 미소를 지었다.

멀리서 뛰어오는 해윤이 보였다. 민정도 마주보며 달려갔다. 마주친 둘은 손을 잡고 방방 뛰었다.

"언니~ 너무 오랜만이다. 나 늦은 거 아니지?"

"딱 맞춰서 왔는데? 내가 일찍 왔어."

"어디 바로 들어가자. 오늘 날씨가 좀 덥다."

"그래."

해윤이 민정의 손을 잡고 카페로 이끌었다. 두 사람은 음료와 토스트를 시키고 자리에 앉았다.

"잘 지냈어 언니? 그때 말했던 회사는 아직 다니고 있고?"

"응. 뭐 이직하겠다고 이것저것 넣어보고는 있는데, 기장을 안 하고 세무사한테 다 맡기니까 완전 물경력이야."

"물경력조차 없는 나 같은 사람도 있어."

위로를 해주려 꺼낸 말은 고마웠지만 그래도 민정은 진심으로 해윤이 더 낫다고 생각했다.

"아니야 해윤아. 너는 똑똑하잖아. 더 좋은 데 가려고 준비하는 거지 지금은."

"으하하. 고마워. 근데 나 요즘은 그냥 알바만 하면서 피곤해서 공부도 안 해."

"맞다. 사무보조 들어갔댔지? 어디더라 쇼핑몰?"

"응. 발주 들어온 거 정리하고 택배박스 포장하고… 잡부야 잡부."

그 말에 민정은 자연스레 거래처에서 손님이 들를 때마다 커피와 다과를 준비해가는 자신의 모습을 떠올렸다.

"해윤아 너는 그런 일하기 아깝다. 꼭 좋은 데 들어가."

"에이- 나도 벌써 20대 후반인데, 얼마나 좋은 데를 들어간다고. 공부하느라 시간만 날려서 뭐 자격증도 없다."

"우리 남친 회사에도 여자는 이십 후반 남자는 삼십 초반 신입 널렸대. 그 전에 뭐 했어요? 물어보면 다들 그냥 놀았다고."

"언니 남자친구분 회사 좋은 데잖아. 근데도 그런 사람들이 입사한다고?"

"그러게? 솔직히 야, 우리도 20대고 젊은 애들이지만. 요즘 젊은 사람들 중에 그냥 부모 돈 타쓰면서 노는 애들이 얼마나 많냐?"

"부모 돈… 그렇지. 편하게 사는 애들 많지…."

민정은 해윤의 집이 해윤이 대학에 입학하기 전까지만 해도 꽤 잘 살았다는 것을 알지 못했다. 민정이 만난 해윤은 생활비를 위해 아르바이트를 하는 단편적인 모습이었을 뿐이니까. 해윤의 과거를 알았다면 민정은 공감대가 있어야만 통할 수 있는 이런 얘기는 하지 않았을지도 모른다.

해윤은 입술을 만지작거리다가 민정에게라면 이 사실을 털어놓아도 괜찮겠다는 결론을 내렸다. 입이 근질거리던 참이었다. 이걸 함께 비웃어줄 수 있는 누군가가 절실한 때였다. '부모 돈 타쓰면서'라는 민정의 말에 해윤이 누굴 떠올렸는지는 명확했다.

"언니 있잖아…. 에스픽 기억나지?"

"어? 그 코로나 치료제였던 거?"

"응. 금수저들만 먹던 그거."

"에스핌은 갑자기 왜?"

"나 일하는 회사에 있잖아…."

민정은 왠지 긴장이 되어 침을 꿀꺽 삼켰다.

"에스핌 먹은 사람 있다?"

"…뭐?"

"그것도 웃긴 게 내가 물어보지도 않았는데 나랑 다른 얘기 하다가 자기가 찔려서 털어놓은 거야. 그 사람이 원래도 말을 좀 생각 없이 했는데…… 완전 지 발목 지가 잡은 거지."

"아……."

민정은 그 말에 해윤과 약속을 잡으며 나눈 카카오톡 대화가 떠올랐다. 해윤이한테 요즘 어떻게 지내냐니까 회사에서 알바 한댔지. 회사가 교대역 근처에 있고 인터넷 쇼핑몰이라던….

"근데 웃긴 건 그 사람 에스핌 먹고도."

순간 해윤은 민정이 수민과 같은 대학인 D대학 졸업생임을 상기해내고 급히 말을 돌렸다.

"…공부 못했대. 웃기지 않아?"

"아. 아하하."

해윤이 얘기한 쇼핑몰 명은 민정에게도 익숙했다. 민정이 물었다.

"저기… 해윤아."

"응?"

"그 에스핌 먹었다는 사람… 혹시 여자야?"

"응."

"나이는… 우리랑 비슷해?"

"그래 보이던데? 그건 왜?"

"아. 내가 아는 사람인가 싶어서⋯⋯. 근데 아닌 것 같아."

"그래? 왠지 언니랑은 성격 안 맞을 것 같아. 언니는 너무 착하잖아."

손님이 끊이지 않는 카페라 주문을 한 지 한참이 지나서야 진동벨이 울렸다. 해윤이 자리에서 일어나 카운터로 향했다. 민정은 알아선 안 될 것을 알아버려 조마조마한 마음에 손톱을 잘근거렸다. 해윤이 자리로 돌아오는 틈을 타 민정은 휴대폰을 꺼내 해윤과의 카카오톡 대화창을 밀어올렸다. 민정이 찾는 단어가 그 안에 있었다.

E 쇼핑몰. 언제인가 수민이 회사에 20대 여자가 나 혼자뿐이라 외롭다는 얘길 한 적이 있다.

해윤이 쟁반을 들고 자리에 앉았다. 해윤의 손에 들린 것이 민정의 눈엔 달콤한 디저트와 음료로 보이지 않았다.

21.

그때 해윤 씨. 아, 호칭이 아직 익숙하지 않아서 이름으로 부르는 거예요. 다른 의도는 없어요. 해윤 씨, 나랑 항상 점심 같이 먹으려 다녔는데 갑자기 식비도 아끼고 다이어트도 하겠다며 도시락 싸가지고 다녔잖아요. 내가 해윤 씨랑 겸상하는 게 껄끄러웠던 것처럼 해윤 씨도 그랬던 거죠?

22.

간밤에 잠을 설치고 일어난 얼굴엔 다크서클이 길게 내려와 있다. 수민은 평소보다 컨실러를 더 짙게 바르며 한숨을 푹푹 내쉬었다. 그건 입으로 스스로에게 총구를 겨눈 셈이었다.

박해윤 씨가 알아버렸다. 내가 에스핌을 먹었었다는 걸.

해윤이 이 사실을 숨겨줄 것인가? 그럴 만한 이유가 해윤에게 있는가? 자문을 해보아도 모든 질문에 대한 대답은 '아니오'로 통했다. 수민은 상해버린 머리카락을 쥐어뜯듯이 빗어내렸다.

따지자면 증거는 없다. 수민은 에스핌을 먹고도 D대학에 갔고 해윤이 회사 사람들에게 고자질을 해봤자 수민이 아니라고 잡아떼면 그만이었다. 회사 사람들이 곧 떠날 알바생의 말을 믿어줄까, 상사들의 예쁨을 한 몸에 받는 수민의 말을 믿어줄까? 답은 정해져있었다.

출근을 위해 차에 올라탄 수민의 표정이 뚱했다. 아버지는 카페 알바생과 있던 일 때문에 수민이 아직까지 기분이 상해있나 싶어 백미러로 딸의 표정을 살폈다.

"수민아."

"…어?"

생각에 잠겨있던 수민이 화들짝 놀라며 답했다.

"아빠가 알바하는 애한테 그랬던 게 아직까지 섭섭해서 그래?"

"응? 아 그거……."

아버지 앞에서는 잘 내지 않는 낮고 딱딱한 목소리가 수민의 입에서 튀어나왔다.

"아니야. 다시 생각해보니까 아빠 말이 맞는 것 같아."

수민이 아버지 때문에 에스핌을 먹고 해윤에게 들켰다가 쩔쩔매고 있는 것처럼, 해윤은 아버지 때문에 알바를 하다가 손님에게 욕을 먹은 것이다.

똑같이 벌 받은 거야.

수민이 주먹을 꽉 쥐었다. 손바닥 살을 파고 들어가는 손톱은 작지만 뾰족했다. 어제 오후에 민정에게 보낸 카카오톡 메시지의 답장을 아직 받지 못했다. 하루 종일 휴대폰을 달고 지내는 수민으로서는 여간 신경쓰이는 일이 아니었다. 가뜩이나 짜증나는 일 투성인데 민정 언니까지 왜 이런담.

23.

민정은 수민의 부족한 점마저 아꼈다. 하지만 이건 임계점을 초과했다.

그날 민정은, 해윤에게 해윤과 나눈 대화를 복기하는 척 '해윤아 너 다니는 데가 E쇼핑몰이랬나?'라고 무심한 질문을 던졌다. 해윤은 맞다고 대답했다. 해윤의 이야기 속 주인공은 수민이 맞다는 뜻이었다.

수민이 방학에 유럽 여행을 갈 건데 민정에게 같이 가자며 부모님한테 500만 원만 달라고 얘기해보라고 할 때도, 민정에게 여권이 없는 걸 진심으로 신기해하며 물어볼 때도, 취업에 성공한 민정에게 이제 언니네 부모님이 차 한 대 뽑아주시겠네 할 때도, 민정은 다 괜찮았다. 하지만 에스핌이라면 얘기가 달랐다. 에스핌을 먹는다는 건 민정에게 있어 조선시대의 탐관오리, 일제강점기의 친일파, 독재정권의 안기부……까지는 심하지만, 어쨌든 이에 준하는 행위였다. 민정이 쌓아올린 수민. 집이 잘 살아 눈치는 없지만 악의가 있는 것도 아닌 명랑한 아이. 그 성은 에스핌이라는 균열이 갉아먹고 있었다.

민정은 숨어버리는 쪽을 택했다. 늘 그랬듯이.

수민에게 온 전화를 일부러 받지 않다가 3시간은 지나서야 무음으로 해놓아서 전화를 못 받았다고 메시지를 보내고, 카카오톡 답장은 무조건 1시간 이상의 간격을 두고 답장하고, 수민이 만나서 밥 한번 같이 먹자는 얘기를 해올라 치면 끈질기게 피했다. 수민도 이상한 낌새를 눈치챘는지 연락 횟수를 점점 줄여가기 시작했다. 역설적이게도 민정은 그런 수민에게 서운했다.

민정이 만들어놓은 수민은 누구였던 걸까?

그러고 보니 수민이는 내가 고민을 얘기할 때마다 잠깐 들어주는 척하다가 자기 고민 얘기로 넘어가기 일쑤였지. 내가 얘기하는 중에 끼어드는 일은 부지기수였고. 내가 참다 참다 기분 나쁜 티를 내도 제대로 사과를 하긴커녕 말을 돌리기에 급급했어.

그간 수민의 인맥을 이용해 민정이 받은 것들. 가령 교양 과목의 족보라거나 수민의 아버지의 지인이 운영하시는 영어 학원을 싼 가격에 등록하게 해준 것들에 황송해할 정도로 고마워했던 과거의 민정은 없었다.

중고등학생 때 친하게 지냈던 친구들은 모두 타지로 나가 일해 1년에 한 번 볼까 말까 한 사이가 됐다. 영지는 최근에 프로젝트 진행 때문에 정신이 없다고 했다. 해윤도 매일 일을 하고 있으니 언제 다시 볼 수 있을지 모르겠다. 그런 민정에게 이제 정말 남은 사람이라곤 건우 하나뿐이었다.

이제 오빠가 나한테 헤어지자고 한다면 나는 정말 죽고 싶어질 거야. 어린 민정의 성적표를 들고 혼낼 때 어머니는 늘 내가 쪽팔려서 동네에 얼굴을 들고 다닐 수가 없다, 강에 빠져 죽어야겠다, 라는 말을 자주 하셨다. 어른이 된 민정은 본인의 목숨을 담보로 타인을 협박하는 게 얼마나 그 사람을 힘들게 하는지 알기에 농담으로라도 그런 말을 하지 않는다. 다만, 나쁜 버릇이 남아 본인의 목숨조차 별로 귀하게 여기지 않게 됐다.

24

사업이 실패한 후 아버지가 집에서 자주 술을 들이붓듯 마셨던 건 비단 마음이 허해서, 돈이 없어서 그런 것만은 아니었으리라. 누구보다 모임을 좋아하던 아버지였다. 그 모임에서 본인의 위치가 확 달라져버린 걸 맞닥뜨리기 싫어 혼자서 술을 마시는 쪽을 택했겠지.

해윤은 여전히 아버지가 밉지만 거실에 술과 마른안주를 늘어놓고 위장을 알코올로 소독하던 아버지의 사정은 이제 조금 이해할 수 있을 것 같다.

사람은 이렇게나 한순간에 타인에 대한 태도를 바꿀 수 있는 존재니까.

그날의 자폭 이후 수민은 해윤에게 꼭 필요할 때 빼고는 말을 한마디도 걸지 않았다. 그게 해윤이 싫어 그런다기보다는 해윤의 비위에 거슬리는 말을 하진 않을까 싶어 전전긍긍해 하는 느낌이라 해윤은 그때서야 수민이 조금 불쌍하다고 느꼈다. 본인보다 어리고 직급이 낮은 이의 눈치를 이렇게나 살피게 되는 날이 오리라곤 수민도 상상치 못했을 테다. 이제 수민은 해윤의 부모님도, 오빠도, 없는 남자친구도, 수험에 실패한 이야기도, 취직에 고생하는 이야기도, 그 무엇도 묻지 않았다. 이런 질문들을 툭툭 던지는 것이야말로 본인의 얄팍한 권력에서 기인했다는 것을 수민이 깨닫고 반성하는 날이 올까?

해윤은 한쪽 입꼬리를 올린 채 고개를 저었다. D대학이라잖아. 살면서 두꺼운 책 한 권 읽어 본 적이 있겠어?

교양과목에 출강을 나오던 강사님이 강의 도중 이런 얘기를 한 적이 있다. '여러분들 진짜 수준 높은 거예요. 내가, 먹고 살려고 여러 학교를 다니는데(웃음), A대가 진짜 똑똑한 애들이 모이긴 모였구나 - 과제 받아볼 때마다 감탄해요. 아 이거 다른 학교엔 비밀입니다. 나 잘려요 잘려-(웃음)' 그저 립서비스에 불과하다 생각했던 말을 시간이 지날수록 체감하는 해윤이었다.

나이가 찼음에도 직장에 다니고 있지 않은 해윤이 A대생임을 듣게 되면 수험 생활 때문에 늦었겠거니 알아서 이해를 해주는 사람들을 볼 때마다.

오늘 해윤은 수민의 의자 옆에 놓인 박스에 서류뭉치가 쌓여있는 걸 보고 수민에게 이걸 파쇄해도 괜찮을지 물었다. 수민은 해윤 쪽을 쳐다보지도 않고 고개를 끄덕였다. 품에 한가득 차는 서류뭉치를 파쇄기에 차례대로 집어넣으며 해윤은 수민이 쓴 기획안의 문장들을 훔쳐보았다. 몇 문장만 확인해도 주술 관계도 맞지 않고 같은 단어가 반복되는 게 보였다. 해윤은 비웃음을 지었다. 역시 에스핌은 효과가 없는 게 맞았나 봐.

25.

저는 솔직히 벌 받을 만큼 받았다고 생각해요. 에스핌 먹은 게 들키지 않을까 전전긍긍하며 지냈던 시간이 벌이 아니면 뭔데요? 이 정도로는 부족하다며 통쾌하지 않아 하는 사람들도 있겠지만요.

뭐… 지난 일을 꺼내려는 건 아니지만 민정 언니랑 이때 사이 좀 틀어졌던 거. 해윤 씨 때문이었잖아요. 해윤 씨는 나 때문이라고 하겠지만.

민정 언닌 요즘 어떻게 지낸대요? 그때 연락이 어색하게 끊어져버려서……. 저는 언니가 저를 정말 좋아한단 걸 느낄 수 있을 정도로 언니가 저한테 잘해줬고 그래서 나한테 서운한 것들을 그렇게 많이 쌓아둔 줄은 몰랐어요. 솔직히 저는 꽁하게 쌓아놓는 거 싫어하고 그때그때 풀고 싶은 성격이거든요. 답답하게 왜 그래요 사람이? 얘기를 안 해주니까 못 알아챈 사람만 나쁜 사람 되는 거잖아요.

……물론 지금은 철이 좀 들어서 민정 언니 같은 사람 앞이었으니까 내가 더 편하게 말하고 행동했고, 관계가 오래 지속될 수 있었다는 생각도 해요.

언니가 내가 하는 말 재수 없다고 진짜 그때그때 얘기했으면 그 나이의 내 자존심으로는 못 버텼겠죠. 다 지나고 나서야 깨닫는 거예요. 모든 것들을.

26.

수민이 에스핌을 먹었다는 건 혁진도 몰랐다. 다른 친구들도 당연히 몰랐다. 그래서 이 고민은 어디도 털어놓을 수 없다. 가족에게는 걱정을 끼치기 싫었고 친구들에겐 에스핌을 먹었단 걸 들키기 싫었다. 결국 수민은 인터넷에 본인과 비슷한 사례가 있나 검색을 해보았으나 참고가 될 만한 건 없었다. 수민은 포기하고 인스타그램이나 훑기로 했다.

인스타그램 스토리의 새 글 알림이 뜨는 줄에 민정의 아이디가 보였다. 민정이 스토리를 올린 시각은 1분 전이었다. 수민은 그걸 확인하자마자 민정에게 전화를 걸었다. 설마, 이렇게까지 제 연락을 피하지는 않으리란 생각에서였다. 다행히 통화는 연결되었다. 수민이 민정의 응답을 기다리지 않고 말했다.

"언니. 왜 요즘 연락이 잘 안 돼요? 바쁜 일 있어?"

아…. 아니. 괜찮아.

"……그러면 나한테 서운한 거 있어요?"

─……아니?

"그럼 대체 왜 카톡 답장도 늦게 하고 전화도 안 받고 그러는 거예요? 인스타 스토리는 올리면서 내 카톡은 읽지도 않잖아."

─…….

"언니?"

─……듣고 있어.

민정의 목소리가 차가웠다. 이건 바보가 아닌 이상 모를 수가 없었다. 나한테 화난 거 있는 거 맞나 보네, 라는 생각을 수민은 속에만 담아두는 법을 몰랐다.

"나한테 화난 거 있죠? 무슨 일인데요?"

-없어……. 그런 거.

"아 언니까지 왜 그래요. 안 그래도 나 요즘 고민도 많고 혁진이랑도 그저께 싸웠는데. 혁진이가 우리 기념일에 여행 가기로 비행기표까지 예매 다 해놓은 거 하루만 미룰 수 없냐고 그러는데, 짜증나서 지금 이틀째 걔가 톡하고 전화해도 다 씹고 있거든요."

─…….

"진짜…. 남자들은 연애 오래 하면 안 바뀔 수가 없나 봐요. 언니 남친도 그래요? 근데 그래봤자 내 남친보단 낫겠지."

─…….

민정에게선 침묵만이 이어졌다.

수민이 그 반응 없음에 별다른 주의를 기울이지 않고 이번엔 실적 때문에 쪼이고 있어 너무 힘들단 얘기를 꺼내려는 찰나, 마침내 민정이 입을 열었다.

─…수민아 너 에스핌 먹었어?

"……네?"

-에스핌 먹었냐구…….

"그게 무슨……."

민정에게서 나올 거라곤 상상도 못했던 질문에 잠깐 어안이 벙벙해졌다. 수민은 우선 수습부터 시작하기로 했다.

"아. 나 에스핌이 뭐였는지 기억하느라 애 썼네. 그거 옛날에 그거 맞죠 코로나 치료젠데 먹으면 머리 좋아진다던? 아니 언니, 내가 뭔 빽이 있다고 그걸 먹어요? 그리고 우리 둘 다 공부 못해서 D대 와놓고, 에스핌은 무슨~"

─…….

수민의 노력에도 민정은 아무 대답을 않았다. 지금 수민이 의심할 수 있는 사람은 딱 한 명밖에 없었다.

"언니. 혹시 언니 친구 중에 박해윤이라는 사람 있어요?"

-갑자기 그건 왜?

"…아니, 만약 그 사람이 그런 말한 거면 믿지 말라고요. 우리 둘이 사이 안 좋아서 헛소문 퍼뜨리고 다니는 거예요."

"……."

수민은 후회했다. 아, 이건 좀 성급했다. 소문의 근원지를 바로 짚어내는 게 내가 에스핌을 먹었다고 인정하는 것밖에 더 될까.

"근데 언니 내가 에스핌 먹었다고 내 전화 안 받고 그랬던 거예요?"

─…….

"진짜? 와 진짠가 보네. 아니, 내가 에스핌을 먹었든 말든 그게 무슨 상관이에요? 언니 나 요새 너무너무 힘든데 언니까지 이러면 어떡해. 정말 슬프다. 안 그래도 혁진이가 회사 일 바쁘다고 요새 나한테 소홀……."

－수민아.

수민이 말을 하는 도중에 민정이 대화를 끊은 건 이번이 처음이었다. 수민은 의식하지 못했지만.

－너는 항상 네가 힘든 얘기뿐이지.

그 이야길 듣는 순간에야 비로소 수민이 무슨 하소연을 하든 묵묵히 들어주던 두 사람의 몇 년이 주마등처럼 수민을 스쳐갔지만 이미 전화는 끊긴 후였다.

수민이 다시 전화를 걸어보았지만 민정은 전화를 받지 않았다. 수민은 그 순간에도 내가 뭘 그렇게 잘못했지, 라는 생각을 했다.

27.

민정은 싸움을 일으키느니 본인의 자존심을 굽히는 사람이었다. 별거 안 되는 값싼 자존심을 굽혀 모두가 평화로워질 수 있다면 그게 민정도 좋았다.

원래는 수민에게, 언니도 힘든데 너는 너만 힘들다고 생각하는 것 같다, 나도 네 말을 일방적으로 들어주는 게 아니라 같이 얘기를 하고 싶다, 같은 속마음을 털어놓을 계획이었는데 어쩌다 보니 에스쁨이 먼저 나갔고 제대로 된 사정을 설명하지 않은 채 전화를 끊어버렸다. 혹시 저 때문에 해윤과 수민의 사이가 더 나빠지는 것은 아닐지 걱정도 됐다. 그렇지만 해윤에게 이 사실을 털어놓자니 해윤이 얘기한 사람이 본인과 친한 동생임을 알고 있었음에도 숨겼다고 시인하는 꼴밖에 안 되어 민정은 또 회피하는 쪽을 택했다.

수민이랑도 인연이 끊어지겠고, 해윤이랑도 인연이 끊기겠구나.

내가 항상 이렇지 뭐. 민정은 수민이 에스핌을 먹었든 말든 혼자만 알고 있고 얘길 꺼내지 말아야 했다고 후회했으나 엎질러진 물에 온 몸이 젖은 적이 이미 여러 번이었다.

굽이 높아 차 안에 타고 있을 때가 아니면 힘든 구두를 신고 집 밖으로 나가니 민정을 데리러 온 건우의 차가 보였다. 건우가 맛있는 걸 먹으러 가자 해서 어디냐고 물으니 기대해도 좋다는 말뿐이었다. 민정은 두근거리는 마음으로 건우의 조심스럽고 부드러운 운전을 즐겼다.

"오빠…… 요즘 돈 많아?"

식당에 도착하자마자 이 말이 튀어 나갔다. 건우는 푸핫, 웃음을 터뜨리곤 점원에게 예약자명과 휴대폰 번호 뒷자리를 불러주었다. 건우가 민정이 앉을 의자를 빼주었다. 그러곤 자리에 앉아 물티슈로 손을 닦으며 말했다.

"나 승진했다."

"진짜?? 너무 축하해!"

"나 몇 달 동안 엄청 구른 거 민정이 너도 알잖아. 그래도 우리 상사랑 인사팀 애들이 양심은 있더라고?"

보호장비를 착용해도 독한 약품에 늘 살갗이 까져있던 건우였다. 민정은 건우의 승진, 올라간 연봉, 같은 팀에 총각은 건우 하나라던 이야기, 이런 것들을 차례차례 나열해보다 혹시 건우가 청혼을 할 생각일지도 모르겠단 기대를 품었다. 민정이 꼼지락거리는 손가락을 테이블 아래로 감추었다.

"그래서 민정아……."

"응? 으, 응."

결혼. 결혼하지 않을래? 아니면 적어도, 우리 부모님한테 인사드리러
가지 않을래?

"너 맛있는 거 사주고 싶었어. 요즘 얼굴도 많이 못 봤고……."

"아……."

뻔하고, 건우다운 이야기에 어깨가 조금 처지는 건 어쩔 수 없었다. 민
정은 바로 웃음을 지었다.

"아니야. 오빠 바빠서 그런 건데. 난 진짜 괜찮아. 이렇게 근사한 데 데
려와 주니까 기분도 너무 좋고…."

"괜찮아?"

"응. 오빠 바쁘면 언제든지 얘기해~ 난 괜찮아. 오빠도 알다시피 난 시
간이 많잖아. 그러니까 내가 맞춰줘야지."

"……."

점원이 메뉴판을 가져다주었다. 건우 먼저 보라고 메뉴판을 밀어주는
민정을 건우는 빤히 쳐다봤다.

"섭섭하지 않아? 자주 못 봐서?"

이럴 때 민정은 남자친구를 피곤하게 만들지 않는 착한 여자친구가 되
기 위해 무슨 말을 해야하는지 알았다.

"아니? 오빠 바쁘니까 당연히 이해해줘야지. 얼굴은 오빠가 안 바쁠 때
많이많이 보면 되지요~"

"정말? 정말 안 섭섭해?"

"응. 하하, 내가 왜? 나 정말 괜찮거든?"

"……."

건우가 메뉴판을 보다 말고 입고 온 자켓을 벗었다. 민정은 방금 제가 한 대답이 착한 여자친구가 하는 대답에서 어긋나지는 않았나 차근차근 검토를 해보았다. 바쁜 남자친구 붙잡고 징징대지는 않았는지, 애정이 식은 거라며 의심하진 않았는지. 이 정도면 괜찮은 대답이겠지, 하고 뿌듯한 눈으로 건우를 바라보았으나 건우는 다른 생각을 하는 중인 것 같았다.

식사를 끝낸 후엔 외곽의 한적한 도로를 타고 드라이브를 했다. 에피타이저부터 디저트까지 완벽했던 식당에 민정의 기분은 평소보다 몇 옥타브는 더 올라간 상태였다. 건우도 당연히 그럴 거라 생각하고 민정은 고개를 돌렸지만 건우는 큰 감흥이 없어 보였다. 원래도 감정의 기복이 크지 않은 건우다. 하지만 여자친구와 고급 레스토랑에서 식사를 마치고 드라이브를 하고있을 때에도 무뚝뚝함을 숨기지 못하는 사람은 아니었다.

역시 내 대답이 잘못된 거였어. 민정은 건우가 자주 만나지 못해 섭섭하지 않냐고 물었던 말에 본인이 한 대답을 떠올렸다. 거기에 무언가 건우의 기분을 상하게 하는, 그렇지만 건우에 비하면 한참이나 모자란 여자친구인 저는 자각하지 못한 부분이 있었다고. 민정은 창밖의 하늘만큼이나 마음에 먹물이 져오는 것을 느꼈다.

아버지 때문에 거실에 나가 있을 수 없어 방에 갇힌 채 넷플릭스를 보는 해윤에게 전화가 걸려왔다. 모르는 번호였다. 원래 모르는 번호는 받지 않지만 휴대폰 화면을 만지다가 착신 버튼을 잘못 눌렀다.

"여보세요?"

-해윤 씨?

"……!"

낯선 번호였지만 목소리는 익숙했다.

"주임…님?"

-뭐해요. 지금 전화 괜찮아요?

목소리가 열에 들뜬 걸 해윤도 느낄 수 있었다. 나한테 화나서 전화했나, 생각하니 짚이는 일도 많았고. 해윤은 침대에서 벌떡 일어나 방문이 제대로 닫혀있는지 확인한 후에 대답했다.

"네. 괜찮아요."

-하…….

수민이 갑자기 전화를 해 화낼 이유라면 해윤도 짐작이 가는 구석이 있었다.

-해윤 씨. 김민정이라는 사람이랑 아는 사이죠?

세상 참 좁다. 그죠, 민정 언니?

29.

제가 민정언니랑 전화 끝내자마자 해윤 씨한테 전화해서 막 따졌잖아요. 내가 에스핌 먹은 거 왜 다른 사람한테 얘길 했냐고. 근데 해윤 씨 미안해하기는커녕 저랑 민정 언니랑 아는 사이인 걸 자기가 어떻게 알겠냐며 뻔뻔하게 굴었죠. 에스핌 먹고도 D대학을 갔으니 자기 말을 민정 언니가 믿어줄 줄을 몰랐다고.

어, 사과받으려고 꺼낸 얘긴 아니에요……. 이미 사과 받은 일인데요 뭘.

30.

오늘은 수민이 입사 이래 가장 우울한 얼굴로 출근한 날이다. 직원들이 걱정이 되는 마음에 무슨 일이 있냐 질문을 건넸지만 수민은 고개만 도리도리 젓곤 자리에 앉았다. 시침이 9를 가리키기 직전 해윤이 출근해 자리에 앉았다. 수민은 해윤의 발걸음 소리만 들어도 짜증이 올라와서 관자놀이를 꾹꾹 눌렀다.

그렇지만 계속 심각한 표정으로 있을 순 없었다. 오늘은 여름 휴가철을 맞이해 기획한 바캉스룩의 시안을 제출하고, 납기 일자 등을 조율하려 거래처 사장님과 식사를 하기로 한 날이었기 때문이다. 제법 큰 거래처라 차장이 직접 나섰고, 차장은 거래처와 식사자리가 있을 땐 늘 수민을 대동했다. 차장이 무엇을 기대하고 수민을 데리고 다니는지는 수민도 잘 알았다. 수민은 아버지 뻘의 거래처 남자 사장들이 젊은 여자 직원들에게 원하는 것을 보여줄 수 있었으니까.

차장은 개인적인 용무가 있어 1시간 일찍 출발했다. 식사 자리엔 수민뿐만이 아니라 몇 달 전 입사한 신입사원 한나도 함께였다. 새로 온 직원을 소개해주려는 의도에서였다. 수민은 한나의 사수가 아니고 자리도 멀찍이 떨어져 있어 얘기를 나눠본 적은 별로 없지만, 한나에 관해선 싹싹하고 일도 열심히 한다는 평가가 많았다. 또 이런 얘기도 돌았다. '한나 씨, 수민 씨랑 분위기가 좀 비슷하지 않아?'

한나가 운전대를 잡았다. 수민은 한나가 본인과 분위기가 비슷하다는 평을 떠올리며 운전석에 앉은 한나를 힐끔거렸다.

"주임님~ 라디오 틀어도 되나요오?"

"네? 네."

말꼬리가 늘어지는 어린아이 같은 말투였다. 신경쓰인다. 한나와 본인이 닮은 구석이 있다는 얘기가.

25살, 회사 근처에서 가족들과 거주 중. F대 패션디자인과를 졸업해 바로 취업에 성공. 수민은 지나가듯 들은 한나의 인적 사항을 하나하나 꼽아 보았다. 한나는 라디오에서 틀어주는 음악에 맞춰 손가락을 핸들 위에서 까딱거리고 있었다. 수민은 한나가 정말 본인과 비슷한 점이 있는지 신경이 쓰였다.

수민은 한나를 좋아하지 않기 때문이다.

한나가 입사한 지 얼마 되지 않았고 자리가 멀어 대화를 많이 나눠보지 못했다는 건 사실 핑계였다. 수민은 한나가 마음에 들지 않았다. 나이가 벌써 스물다섯인데 귀여운 척을 하는 말투나 회사 특성상 몇 안 되는 남직원들에게 살랑살랑 치는 눈웃음이나, 남직원과 얘기할 때 계속 그들의 어깨나 팔을 살짝씩 만지는 것도. 어린 게 아주 여우같은 것만 골라 배웠다는 생각이 들었다. 왕방울만 한 눈으로 아무 의도가 없던 양 순수한 표정으로 있을 때면 정말⋯⋯.

이런 애랑 나랑 어디가 닮았다는 거야?

수민은 차량 스피커의 볼륨을 낮춘 뒤에 눈을 감았다. 여기엔 상사가 없으니 억지로 소리의 공백을 메꿀 필요가 없었다.

"한나 씨 미안한데 나 잠깐 눈 좀 붙일게요. 어제 잠을 하나도 못 자서…"

"네, 주임님. 깨워드릴게요~"

눈을 감은 이유는 한나와 굳이 얘기를 나누고 싶지 않아서였다. 한나는 노래에 맞춰 계속 음을 흥얼거렸다. 옆에 앉은 사람이 잠을 잔다고 했는데도 굳이 노래를 부르는 한나가 얄미웠다. 이런 짜증나는 상황 자체가 어디서부터 비롯된 것인지는 생각지도 못한 채.

만약 수민보다 윗 직급의 사람과 수민이 둘이서 외근을 나갔다면 조수석에 앉아 눈을 붙이는 사치 따위는 절대로 부릴 수 없었을 테지만, 수민은 본인의 상상 이상으로 사람을 가리는 데에 재능이 있었다.

식당에 도착하니 차장이 먼저 와 기다리고 있었다. 차장과 수민, 한나, 세 사람은 직원이 안내해주는 방으로 향했다. 방에 먼저 거래처 사장이 앉아있었다. 사장이 한나 쪽으로 눈짓을 했다.

"처음 보는 아가씨네?"

"저희 새로 온 직원입니다. 이한나 씨라고. 한나 씨, 인사해~"

"안녕하세요. 사장님! 이한나라고 합니다!"

한나가 구십 도로 허리를 숙였다. 싹싹한 모습에 사장의 입이 흐뭇하게 벌어졌다.

"아니 한 차장. 한 차장네 회사에는 미녀분들만 계시나?"

"하하. 저희가 얼굴을 좀 보고 뽑습니다~"

틀린 말은 아니었다. 세상의 흐름이 달라지는 만큼 MD도 마케팅 전선에 뛰어들 수밖에 없었는데, MD가 자사의 옷을 직접 입고 찍은 사진을 보고 고객들이 구매욕구를 느끼지 않는다면 곤란했기 때문이다.

식사 자리의 분위기는 화기애애했다. 수민의 눈에 한나는, 요즘 애들답지 않게 아저씨들의 비위를 맞춰줄 줄 아는 직원이었다. 그러나 그게 사회성을 연기한다는 느낌보다는 기성세대의 가치관에 완벽히 융화가 된 느낌이라 신기하게 느껴졌다. 수민은 식사를 하는 내내 옆자리에 앉은 한나를 힐끔거렸다. 한나와 본인이 비슷하다는 이야기에 약간씩 납득이 가기 시작하는 스스로가 싫어졌다.

시끄러운 한나의 옆에 얌전히 앉아있는 수민에게 사장이 능글맞게 말을 붙였다.

"수민 씨, 오늘은 조용하네?"

"네? 아, 오늘은 제가 한나 씨한테 양보 좀 했죠~ 우리 신입사원한테."

수민이 억지로 입꼬리를 끌어올렸다. 이 사람들은, 앞에 앉은 젊은 여자가 마음에서 우러나온 웃음을 짓고 있는 건지 아닌지는 신경 쓰지 않는다. 제 말에 토를 다느냐 달지 않느냐가 중요할 뿐.

"그래, 어린 친구한테 말할 기회를 좀 주고 그래야지. 수민 씨는 참~ 요즘 여자들 같지가 않아요. 여자들 많은 회사 가면 일은 안 하고 자기들끼리 질투나 하기 바쁘거든."

광대에 경련이 일어나기 시작할 쯤이면 사장의 이야기는 끝이 난다.

"예쁘고 어린 여자애 들어오면 얼마나 질투가 심한데. 한나 씨는 운이 좋은 거야. 다른 데였으면 수민 씨처럼 나이 많은 언니들이 엄청 괴롭힌다?"

이것이 내 월급의 값, 내가 제일 잘하는 것.

수민이 간신히 잡고 있던 줄을 한나는 아주 쉽게 잘라버린다.

"우리 주임님은 질투 그런 거 전혀 안 하세요. 아버지가 돈이 많으시잖아요! 마음이 넉넉한 사람은 원래 질투 같은 걸 안 하죠~"

"뭐? 아니, 뭐라고요, 한나 씨?"

"주임님 아버지 돈 많으시지 않아요?"

"밥 먹다 말고 무슨……."

"수민 씨 집에 돈이 많아? 그건 몰랐네~"

한나의 이야기에 사장이 신나는 목소리로 물었다. 수민이 어떻게든 대화를 돌리려고 했지만 소용이 없었다. 한나의 발언에 차장이 가세해 수민네 아버지가 한 사업 얘기를 미주알고주알 떠들어댔다. 식사를 다 끝내지도 않는데 속이 더부룩해지는 걸 느꼈다. 결국 수민은 화장실을 가겠다고 일어선 뒤에 5분 동안이나 자리를 비웠다.

돌아가는 길에도 차장은 함께하지 않았다. 차장이 오른손엔 담배곽을 쥐고 왼손으로 수민과 한나에게 손짓을 했다.

"한나 씨 수민 씨. 먼저 들어가~ 난 남사장님이랑 담배 좀 태우다 갈 테니까."

"네. 먼저 들어가보겠습니다."

"네~"

수민은 차에 올라타 문을 일부러 쾅 소리가 나게 닫았다. 한나는 시끄러운 소리에도 깜짝 놀란 기색 없이 차분히 안전벨트를 맸다. 그 모습이 수민의 화를 더 크게 돋웠다. 수민의 역치가 10이라면, 방금 전과 지금 한나의 행동은 50쯤은 가뿐히 넘길 수 있었다.

"주임님~ 라디오 틀어도 되지요?"

"아뇨. 한나 씨, 가면서 얘기 좀 해요."

한나가 시동을 걸었다. 주차장에서 차가 빠져나오자마자 수민은 불쾌한 감정을 여과 없이 쏟아내기 시작했다.

"한나 씨. 방금 뭐였어요?"

"네? 뭐가요, 주임님?"

"'뭐가요, 주임님?'"

아무것도 모르는 척하는 목소리가 얄미워 수민은 크게 심호흡을 했다. 필요 이상으로 화를 내지 않을 수 있도록.

"그런 자리에서 우리 아버지가 잘 사네, 이런 얘긴 왜 해요? 다른 사람 집 얘기를 왜 그렇게 함부로 하는 거예요."

"네에? 그렇지만."

"한나 씨, 우리 거래처에 잘 보이려고 하는 건 좋은데⋯⋯."

"그렇지만 주임님. 사회생활 하려면 어쩔 수 없는 거잖아요."

"⋯⋯뭐라고요?"

한나가 내놓은 의외의 대답에 수민의 입이 떡 벌어졌다. 교차로에서 차가 신호를 받고 멈춰섰다.

"주임님 기분 나쁘셨다면 죄송해요, 저는 주임님이 사무실에서 알바로 오신 분, 해윤님이었나요? 그 분한테 가족 얘기 자주 물어보고 그러시는 걸 들어서⋯⋯. 주임님이 이런 얘기 좋아하시는 줄 알았어요."

"해윤 씨한테 내가 물어본 이유는⋯⋯."

"네."

신호가 바뀌었다. 한나가 브레이크에서 발을 뗐다. 수민은 머릿속에서 대답을 정리하다가, 막다른 골목에 갇혀버렸다.

해윤 씨는, 나보다 어리고, 알바생이고, 나는 남의 가족 얘기 같은 거, 사적인 얘기들, 물어보는 거, 원래 좋아하는 사람이니까, 대리님이나 과장님한텐 궁금해도 물어볼 수 없는 것들을, 해윤 씨한테 물어봤던 거예요.

하지만 한나 씨는 나한테 그러면 안 되지 않나요?

한나 씨는 나보다 어리고 직급도 낮잖아요…….

"……."

"주임니임~ 기분 푸셔요."

한나가 대수롭지 않은 일인 양 어깨를 떨며 애교를 부렸다.

'한나 씨랑 수민 씨 분위기가 좀 비슷하지 않아?'

수민은 한나가 싫다.

한나가 수민과 다른 사람이기 때문에 그렇다고, 자신할 수 있는가?

회사 사무실이 있는 건물의 주차장에 차가 도착했다. 한나는 수민에게 살갑게 붙으며 '주임님, 화 푸셨죠?'라 말한 뒤 총총 뛰어가 엘리베이터의 버튼을 눌렀다.

수민은 한나가 잘못을 않았다고 생각하진 않는다. 한나에겐 고쳐야할 점이 많아 보인다. 그리고 그것은 한나가 부딪히고 깨달아야 할 문제였다. 지금의 수민처럼.

나와 똑같은 사람을 싫어할 순 없었다. 그래서 수민은 오늘 퇴근하자마자 영지 언니에게 전화를 해야겠다고 다짐했다.

31.

민정은 술을 즐기지만 술에 약하다. 주사가 성격과 반비례해 20대 초반엔 친구들한테 못 볼 꼴도 많이 보였다. 그래서 건우와 데이트를 할 때에는 술을 파는 음식점은 되도록 피했으며 건우는 민정이 술을 싫어한다고 생각했다.

오랜만이다. 이럴 때마다 어릴 적 읽은 그리스 로마신화에 나온 아버지 제우스의 머리를 쪼개고 태어난 지혜의 여신 아테나가 생각이 났다. 제우스도 이만큼 머리가 아팠겠지. 민정이 갈라질 것 같은 이마를 문지르며 몸을 일으켰다. 다른 사람들에 비해 숙취가 심하다는 걸 앎에도 힘든 일이 생기면 당장의 우울에서 도망치고 싶어 민정은 소주와 맥주를 섞었다.

어릴 적부터 남의 눈치를 보고 살아와 잘 안다. 어제의 건우는 기분이 안 좋았다는 걸. 건우의 머릿속에 생각이 많았다는 걸.

휴대폰이 바닥에 떨어져있다. 침대 밑으로 들어가기 직전인 휴대폰을 민정이 건져올렸다. 잠금 화면을 푸니 인터넷 화면이 제일 먼저 뜬다. 어젯밤에 커뮤니티에 뭔가 글을 쓴 기억은 있는데, 이건가? 민정이 눈을 찡그리며 스크롤을 내렸다.

남친이랑 싸운 건 아닌데 어색해진 후기

20대 후반 여자 직딩덕이야

남친이랑은 사귄 지 1년 반 됐고 남친도 직딩에 30대 초

소개받아서 만났고 싸우는 일 없이 잘 지내고 있어

남친이 연구원이라 야근이 많아

데이트 취소된 적도 꽤 되고, 주말마다 얼굴 보기도 힘들어

그래도 남친 잘못도 아니니까 난 괜찮았거든

바쁜 사람 피곤하게 하기도 싫었구

근데 남친이 갑자기 물어보더라

데이트 자주 못해서 미안하다고, 섭섭하지 않냐고

난 오빠가 바쁘고 싶어서 바쁜 것도 아니니까 괜찮다 그랬다?

근디 그 대답 들은 남친 표정이 묘했음 ㅋㅋ

그리고 남친이 집까지 차로 데려다줬는데

계속 표정이 안 좋더라구

무슨 일 있냐고 물어봐도 묵묵부답...

암만 생각해봐도 남친 기분이 안 좋아질 대화는 저것밖에 없는데

내가 실수를 한 걸까? 덕들아? ㅠㅠㅠㅠㅠㅠ

1덕   내 생각엔 너덕이 너무 덤덤하게 말해서 남친이 섭섭했던 것 같은데

2덕   1덕 22222

3덕   덕이 너무 화를 참는 거 아니야? 남친 분 말대로 보통 여자친구면 토라

      지고 삐지고 그래

4덕   내 전남친이 딱 이래서 헤어짐 나를 좋아하는지 아닌지 모르겠어서

흐윽. 자동으로 앓는 소리가 새어나갔다. 마지막 댓글이 문제였다. 헤어
지다니, 말도 안 되는 일이다. 민정은 건우와 헤어지고 싶지 않았다. 헤어
질 수 없었다. 건우보다 더 괜찮은 남자가 민정의 인생에 나타날 리 만무
했다. 건우는 민정의 마지막 남자친구여야 했다.

　인터넷 창을 닫은 후엔 간밤 쌓인 메시지를 확인하기 위해 카카오톡을
켰다. 그리고 대화창 상단에 떠있는 이름을 확인하자마자 민정의 팔에 오
소소 소름이 돋았다.

이원우?

민정의 인생에 다시는 나타날 일이 없다 생각한 이름이었다. 민정과 2년을 연애한 전 남자친구. 민정에게 충격적인 이별 사유, '너는 너 혼자 연애하는 것 같다'며 헤어짐을 고한 나쁜 놈. 이원우였다.

[이원우 : 술 마셨냐?]

이게 가장 최근에 온 메시지였다. 민정은 덜덜 떨리는 손가락으로 대화창에 들어갔다. 그리고 아래에 쌓인 메시지부터 하나하나 읽어내려갔다.

[이원우 : ??????????????]

원우가 보낸 메시지는 이게 끝이었다. 그 외에는…….

민정이 부린 추태뿐이었다.

[야ㅏ]

[넥가 몰ㄹㄹ잘못헷ㄴㄴ댜]

[내가온제혼자연엘ㄹ핻냐고]

[짱ㄴ]

커뮤니티에 글을 올린 기억은 있다. 하지만 원우에게 메시지를 보낸 기억은 없다. 둘 사이 맞춤법의 괴리는 여기에서 비롯된 것 같았다. 민정은 바닥에 철푸덕 누워 멍하니 천장을 응시했다. 4년 만에 전 여자친구로부터 온 연락. 원우가 비속어를 쓰지 않은 것만으로 고마웠다. 그리고 혹시, 아직 자기한테 미련이 남았다고 생각하는 건 아니겠지? 더 큰 고통이 밀려오니 두통은 잊혔다.

"하아……."

민정은 휴대폰을 꽉 쥔 채 고민했다. 지금 남자친구랑 뭔가 일이 생겨서 전 남자친구인 너에게 화풀이를 했다고 고백해? 설명과 사과는 필수였지만 방법이 문제였다. 메시지로, 아니면 전화로? 민정이 휴대폰의 화면을 하릴없이 껐다 켰다를 반복하며 고뇌에 빠졌다.

고민을 끝내준 건 진동소리였다. 원우로부터의 전화. 민정은 눈을 두어 번 비빈 후에 전화를 받았다.

"…어……."

목소리가 땅굴을 파고 들어갔다. 너무 미안할 땐 사과도 꺼내기 힘들다.

-일어났냐?

"……어."

익숙한 목소리였다. 한때는 매일매일 자기 직전까지 듣던 목소리이니, 잊어버릴 수 없었다. 평균의 남자들보다도 한 톤이 더 낮지만 장난기가 늘 배어있는 이원우의 목소리.

-너 나한테 내가 술 한 번만 더 마시면 오천만 원 준다며.

"…넌 진짜 기억력도 좋다."

술을 마시고 필름도 끊기고, 휴대폰 배터리도 끊긴 민정이 꼬박 하루 동안 연락이 안 되던 날이 있었다. 민정이 걱정돼 밤새 잠자리를 뒤척인 원우에게 민정이 두 손바닥을 싹싹 빌며 한 얘기가 그랬다. '내가 진짜 술 한 번만 더 마시면 오천만 원 줄게.' 팔짱을 낀 채 미동도 않던 원우는 결국 못 참겠다는 듯 웃음을 터뜨렸었고.

갑자기 퍼져오는 옛 기억에 민정은 죄책감을 느꼈다. 남자친구 있는 애가 아무리 전화라지만 전 남자친구랑 뭘 하고 있는 거야? 최대한 빨리 전화를 끝내야겠다고 생각했다.

"…진짜 미안. 너한테 왜 그랬는지 기억도 안 나고……. 못 볼 꼴 보여 줘서 미안하다고밖에 할 말이 없다 나도 진짜. 아, 내가 너무 싫어……."

-내가 한 말 신경 쓰고 있었어?

"어?"

-너 혼자 연애한다는 거.

"……어."

예쁘게 사귀고 있다 생각한 연애였기에 이별의 사유가 가슴에 더 깊게 남았다. 뭘 잘못했는지 알려주면 하나하나 고쳐나갈게, 민정이 애원을 했으나 원우는 돌아보지 않았다. 원우가 등을 돌리며 남긴 말이었다. '너는 너 혼자 연애하는 줄 알지?'

"…근데 나 지금은 좀 이해해. 내가 나를 싫어해서… 주변 사람들을 귀찮게 하는 거."

-나도 미안해. 그땐 나도 많이 어렸고……. 내가 너 많이 좋아했던 걸 너는 못 믿더라.

"응?"

이원우가 나를 많이 좋아했어? 민정은 항상 마음의 추가 저에게로 기울어져있다고 생각했다.

-항상 튕겨져나가는 느낌이었거든. 내가 계속 표현하고, 선물도 사주고, 좋은 데를 데리고 가줘도, 네가 항상 내가 떠날까 봐 안절부절 못하는 거. 그거를 내가 못 견뎠었지……."

"…그랬어?'

-야. 참고로 나 여친 있다.

"나도 남자친구 있거든?"

-푸핫. 그래 잘됐네. 그러니까 이제 술 마시고 나한테 톡 보내지 말고 네 남자친구한테 전화해. 좋아하는 사람이 약한 모습 보여주는데 내치는 남

자가 어디 있냐?

"……그런가."

-어. …미안했다. 잘 살고,

"그래. 너도……."

전화가 끊겼다. 뒷면이 뜨거워진 핸드폰의 온기가 민정의 피부 속으로 스며들었다.

방문을 열고 나가니 거실엔 민정의 강아지밖에 없었다. 부모님은 외출한 듯 싶었다. 강아지가 민정의 다리를 잡고 낑낑거렸다. 민정은 강아지와 잠깐 놀아주다가 냄비를 꺼내 라면을 끓였다. 안 그래도 푸석푸석한 얼굴에 라면까지 먹으면 땡땡 붓기까지 하겠지. 마음을 고백하러 가는데 피부가 푸석하고 얼굴이 부어있는 여자친구라니, 정말 최악이지만.

건우에게 전화를 걸었다. 오빠. 나 뽀삐 데리고 산책나갈 건데 오랜만에 뽀삐 얼굴 보러 나올래? 건우는 30분 후에 만나자고 대답했다.

하루에 두 번씩 산책을 시켜줘도 뽀삐는 밖에만 나오면 다리가 보이지 않게 뛰어다녔다. 민정은 오늘도 뽀삐의 체력에 맞추느라 헉헉대며 뽀삐를 쫓아갔다. 저 멀리 건우의 아파트가 보였다.

일요일에 데이트를 잡지 않는 것은 내일 아침 회사에 출근해야 하는 건우를 위한 민정의 배려였다. 민정의 전화를 받은 건우가 아파트 현관으로 내려왔다. 건우는 누가 봐도 급하게 달려온 것 같아 보이는 민정의 뻗친 머리와 상기된 얼굴을 보곤 깜짝 놀라 물었다. 민정아, 무슨 일 있어? 그 다정한 목소리만으로도 민정은 사랑을 확신할 수 있었다.

32

하고 싶은 말을 다 했다고 해서 속이 후련해지는 건 아니었다. 수민에게 적반하장식으로 굴며 화를 쏟아냈지만 전화를 끊고 30분이 채 지나기도 전에 후회가 밀려왔다. 그러나 잘못을 반성하기에 해윤의 자존심은 수민보다 중요했다.

복잡해진 머리를 정리하려 해윤은 저녁을 먹고 산책을 나갔다. 기온은 높았지만 습도가 낮아 공원에 산책을 나온 사람들이 많았다. 그때, 뒤에서 누군가가 해윤의 어깨를 두드렸다. 멍하니 생각에 빠져있던 해윤은 깜짝 놀라 뒤를 돌아보았다.

해윤의 어깨를 두드린 건 바람막이와 레깅스 차림에 스포츠백을 매고 있는 여자였다. 수명을 다해가는 가로등의 옅은 빛에 해윤은 눈을 가늘게 뜨고 상대를 빤히 바라보고 나서야 이 사람이 누구인지 알 수 있었다.

"희진이?"

"응. 오랜만이다 해윤아!"

1학년 때까지만 해도 해윤과 제일 친했던 대학 동기, 희진이었다. 사이가 멀어진 책임은 해윤에게 있었다. 시험을 준비하느라 연락이 소홀했고 긴 시간을 들여도 결과가 나오지 않을 때에는 해윤이 희진의 연락을 피했다. 희진도 만약 해윤과 같은 수험생이었다면 우정은 길게 지속됐겠지만, 희진을 생각하면 그럴 수 없었다. 희진은 G제약 인사팀에 들어가 있었으니까.

해윤이 고시를 공부할 때, 희진은 영국에 나가 있었다.

"해윤아. 시간 괜찮아? 잠깐 얘기 좀 하고 들어가지 않을래?"

"아……. 응……."

사실은 그러고 싶지 않았다. 하지만 사실은 해윤도 희진이 그리웠다.

희진과는 경영학 교양 수업에서 만나 친해졌다. 동기였지만 얘기를 많이 나눠본 적은 없던 사이였는데, 그건 희진이 과 활동에 참석을 하지 않아서였다. 기업의 SWOT를 분석하는 조별과제에서 같은 조가 되어 해윤은 그때서야 희진과 안면을 텄다. 동그란 철제테 안경을 쓴 희진은 말소리가 작고 말수가 적었다.

해윤과 희진을 제외한 나머지 두 명이 고학번이었음에도 희진이 조별과제를 이끌어나갔다. 분석할 기업을 정하고, 주제를 정하고 자료를 찾는 과정에 모두 해윤의 기여도가 높았다. 희진은 해윤이 필요로 하는 게 있으면 열심히 학회지와 학술잡지에서 쓸 만한 논문을 찾아 보내주었지만 해윤의 눈에는 차지 않는 자료들이었다. 그러나 티는 내지 않고 해윤은 조용스레 그 자료들을 제했다.

해윤이 희진에게 좋은 인상을 갖게 된 건, 학점 따위엔 관심 없어 보이는 고학년들과 비교했을 때 상대적으로 성실해보였다는 점도 있지만, 더 큰 이유는 해윤이 거만해질 정도로 아낌없이 부어주는 후한 칭찬들 덕분이었다. 해윤아 너 진짜 머리 회전이 빠르다. 글도 잘 쓰네. 우리 학교 논술 쳐서 들어왔어? 와, 난 이거 생각도 못해본 거였는데. 해윤은 아버지에게 칭찬을 받고 싶어 학교에서 글쓰기 대회가 열릴 때마다 성심을 다해 원고지를 채우던 어릴 적으로 되돌아간 기분이었다.

그리고 다른 조원이 디자인과 가독성, 어느 것도 잡지 못한 PPT를 보냈을 때 해윤과 함께 머리를 싸매며 수정을 도와준 사람도 희진이었다. 학기가 마친 후에도 해윤과 희진은 꾸준히 연락을 주고받았다.

면접에서 떨어진 지 얼마 안 되었을 때 접속한 인스타그램에서 희진이 대영박물관 앞에서 찍은 사진을 발견하기 전까지는 말이다.

마지막으로 연락을 주고받은 게 4달 전이었다. 그 사이에 희진은 영국으로 유학을 간 듯 보였다. 희진의 피드엔 영국에서 찍은 사진들이 가득했다. 해리포터 코스프레를 하고 영국에서 찍은 사진을 마지막으로 해윤은 인스타그램 계정을 삭제했다.

"해윤아, 요즘 뭐하고 지내?"

두 사람은 편의점 앞 의자에 앉아 맥주캔을 땄다. 해윤이 과자봉지를 뜯어 테이블 위에 올려두었다.

"나… 그냥 이것저것 공부해."

"그렇구나. 해윤이 너는 똑똑하니까 잘할 거야."

별거 아닌 응원에 해윤은 속이 텁텁해졌다. 희진이 그럴 사람이 아니란 걸 알면서도, 이것저것 공부만 하는 자신을 비꼬는 것만 같았다.

"해윤이 너한테 먼저 연락하고 싶었는데 바쁠까 봐 못했거든."

"응……. 아. 너는 G제약 다닌다고 들었어."

"사실 영업관리 계약직으로 들어갔다가 운 좋게 인사팀에 공석이 생겨서, 같은 팀 직원분들이 적극적으로 밀어줬어. 진짜 운이 좋았지."

"축하해. 부럽다."

그리고 할 말이 없어진 해윤은 그저 맥주만 꿀꺽꿀꺽 마셨다. 희진은 오랜만에 만난 친구와 회포를 풀고 싶어 보였지만 해윤에겐 그럴 여유가 없었다. 해윤이 맥주 한 캔을 다 비웠다.

"희진아. 너 영국 갔다 왔지?"

"응? 응. 벌써 그것도 3년 전이네~"

"부럽다……."

해윤이 맥주를 한 캔 새로 땄다. 해윤은 조금 취해있었다.

"나도 유학 가고 싶었는데. 못 가고 나이만 먹었네."

"아……."

"진짜 집 잘 사는 애들 부럽다."

해윤은 말을 끝내자마자 맥주를 벌컥벌컥 마셨다.

"잘 사니까, 유학도 가고."

그만해, 박해윤. 작게 들려오는 양심의 소리는 해윤을 제어할 수 없었다.

"영어 잘하니까, 취업도 쉽게 하고."

제발 그만해.

"그러니까, 나 같은 애들은, 취업도 못하고."

"……."

해윤의 정신이 조금씩 돌아오기 시작했다. 내가 무슨 말을 한 거지? 해윤은 희진의 눈치를 살폈다. 희진은 화가 난 얼굴은 아니었다.

"해윤아."

"아, 희진아. 미안. 나 취했나 봐……. 이제 집에 가야겠다."

"해윤아, 잠깐만."

급하게 자리에서 일어나려는 해윤의 손목을 희진이 잡았다.

"나 혹시 왜 과 행사 다 빠졌는지 알아?"

"어? 그냥… 관심이 없으니까?"

"나 기회균형 전형으로 들어왔어."

희진은 배시시 웃으며 말을 이었다. 해윤은 처음 듣는 이야기였다.

"학교 들어가니까 3월달에 신입생들 보고 학생회비 내라 그러잖

아. 그때 우리 과가 40만 원인가… 그랬어. 내려면 못 내는 돈은 아닌데 그때는 그게 정말 너무너무 아깝더라. 그래서 계속 미루고 있었는데 우리 과 선배였나 봐. 흡연구역에서 담배 피우면서 하는 얘기를 근처에 있다가 들었어. 우리 과에 반희진이라고 기균충 있는데 학생회비 내라고 문자를 보내도 말을 안 처든는다고, 그래서 짜증난다고 하더라고. 그 말에 충격 먹고 우리 과 사람들 피해다녔어.”

“아…….”

해윤은 얼굴이 빨갛게 달아오르는 걸 느꼈다. 술 때문만은 아니었다. 내가, 희진이한테, 이렇게 좋은 친구한테, 얼마나 큰 상처를 준 거지?

“내가 다녀온 거……. 응, 유학은 맞네. 생활비까지 조금 나오는 장학금 이용해서 다녀온 거였으니까 운이 좋았다고 생각해. 나보다 잘난 사람들 훨씬 많은데 내가 또 운이 좋게 뽑혔나 봐. 흐흐.”

“미안해, 희진아.”

“어? 나 화내는 거 아닌데. 진짜야~”

희진이 이렇게 될 수 있기까지 쌓아올린 시간들을 해윤은 가늠조차 할 수 없다.

“해윤아. 나는 네가 진짜 똑똑한 사람이라 생각하구…….”

얼마나 부서져야 이렇게 단단해질 수 있는 건지.

“그래서 네가 잘됐으면 좋겠고 잘될 거라 생각해. 진심이야.”

“…….”

해윤은 한참 동안 아무 말도 할 수 없었다. 해윤은 안다. 희진은 사과를 받고 싶은 게 아니라는 걸. 그렇지만 해윤은 사과 말곤 할 수 있는 말이 없었다. 해윤은 계속된 고민 끝에 희진에게 할 수 있는 최선의 사과 방법을 찾아냈다.

"희진아."

"응."

"…계속 연락해도 돼?"

"응…. 당연하지."

해윤과 희진은 자리를 털고 일어났다. 헤어지기 직전, 해윤은 물어보지도 않고 희진을 꽉 껴안았다. 희진은 너털웃음을 지으며 해윤의 등을 두드려주었다.

집에 돌아가자 거실에서 술을 마시는 아버지가 보였다. 아버지는 거나하게 취했는지 해윤을 보자마자 비틀거리며 일어나 다가왔다. 가까워진 술 냄새에 해윤이 반사적으로 코를 막았다.

"우리 예쁜 딸~ 예쁘고 똑똑한 딸~"

아버지가 해윤을 껴안으려는 걸 해윤이 막았다. 안방으로 아버지를 데려가 어머니에게 인계할 생각이었다. 아버지는 해윤에게 부축을 당하는 와중에도 불명확한 발음으로 무언가를 중얼거렸다. 조금 집중해서 들어보니 아버지가 하는 말이 들려왔다.

딸아, 아빠가 미안해. 아빠가 잘못했어. 아빠 용서해줘.

이 다음에 나온 말이 해윤의 가슴 속을 깊게 파고들었다.

아빠 이제 용서해줘 해윤아. 해윤이를 위해서.

"……."

안방 문을 여니 어머니는 이미 잠들어있었다. 해윤은 아버지를 침대에 눕힌 후 이불을 덮어주었다.

해윤은 방에 들어와 침대에 누웠다. 하얀 천장을 도화지로 삼고 머릿속으로 줄을 그어 표를 만들었다. 해윤은 왼쪽 첫째 줄에 '바꿀 수 없는 것'을 적었다. 그 밑으론 바꿀 수 없는 것들의 목록을 채워나갔다. 바꿀 수 없는 것. 이미 일어난 일. 아버지가 사업에 실패한 것. 내가 미국 유학을 가지 못한 것. 고시에 떨어진 것. 공기업에 붙지 못한 것. ……과거에 갇혀 내 존재를 허비한 것.

그리고 오른쪽 첫째 줄엔 '바꿀 수 있는 것'을 적었다. 바꿀 수 있는 것. 박해윤.

바꿔야 할 것들은 많았다. 가장 먼저 바꿔야 할 것. 내가 잘못한 것. 회피해선 안 되는 것.

해윤은 전화 수신목록에서 수민의 번호를 찾아내 전화를 걸었다. 전화가 연결되자마자 해윤이 말했다. 다음 주 저녁에 끝나고 같이 밥 먹어요, 주임님.

33.

[1]"난 원래 그래. 그러니까 아무것도 바꿀 수 없어." 이들에게 자신을 바꾸는 것보다 더 불가능해보이는 일은 없다. 이들은 이런저런 성격 때문에 자신이 얼마나 끔찍한 고통을 당하는지 한탄하고 슬퍼하는 것으로 인생을 다 보낼 수도 있다.

34.

…아, 영지 언니. ……지금 통화 괜찮아요? 저녁은요? 먹었다구요…….

1 에리히 프롬, 장혜경 역, 『나는 왜 무기력을 되풀이하는가』, 나무생각, 2016.08.08., 196쪽.

왜 전화했냐면……. 우리 저번에 만났을 때 제가… 말실수를 좀 했잖아요. 미안해요. 사과하고 싶어요. 음……. 생각해 보니까 내가 맨날 남들한테 부모님 얘기를 많이 묻더라고요. 저한테, 우리 부모님이 너무 잘해주시니까… 잘 몰랐어요. 다들 이런 게 아닌 걸. 언니한테… 상처를 줬어요. 미안해요.

34.

오빠. 나 오빠 진짜 좋아해. 진짜 좋아해서 그랬어. 나는 진짜 좋아하는 사람한텐 바라는 게 많으면 안 된다고 생각했단 말이야. 오빠 힘든데 내가 계속 좋아한다고 보고 싶다고 보채면 오빠가 나한테 질릴까 봐 걱정했어. 그리고 난 사실 연락도 자주 하는 게 좋아. 오빠가 회사에 있을 때 메시지 답장도 안 해주는 거 섭섭했는데 오빠 성격이 원래 그런 것 같아 보여서 티도 안 냈어. 오빠 나 사실 안 착해. 나 바라는 거 되게 많아. 잘 삐지고 자주 징징대는 거 좋아해. 그래도 괜찮겠어? 그런데 오빠, 이게 원래 나인 것 같아.

35.

주임님, 오늘 나와주셔서 감사해요. …당연히 거절하실 거라 생각했거든요. 주임님이 저 싫어하셔도 어쩔 수 없으니까요. 제 잘못이니까. 다 죄송해요, 주임님. 사실 저도 세라핌 먹을 뻔 했었어요. 아빠가 권했었는데 안 먹겠다고 했어요. 근데 세라핌 이야기가 심각해질수록 점점 후회가 되는 거 있죠? 이렇게 난리 나기 전에 먹어둘 걸 그랬나 하고. 그래서 스스로를 위로하려고 나는 양심을 지킨 사람이라 생각했고, 에스핌 먹은 사람들이 용서가 안 됐어요. 모순이죠. 내가 안 먹겠다고 해놓고는 후회하고 먹은 사람들을 욕하면서 기분을 풀었어요. 죄송해요.

36.

사람을 바꾸는 계기는 각자에게 저마다 다른 모습을 하고 찾아온다.

마지막.

코로나 바이러스가 우리에게서 정말 빼앗아 간 게 뭘까. 가끔 그런 생각을 하죠. 솔직히 기자님에게 들키니까 속은 좀 후련했어요. 이걸 평생 안고 살아가야 하나 생각했는데. 그렇지만 해윤 씨, 제가 에스핌 먹었다는 거 알고 마치 본인이 제 주도권을 쥐고 있는 것 마냥 행동했던 건 좀 재수없었어요. 본인도 인정하죠? 네? 저도 만만찮게 재수가 없었다고요? 아니 제가 뭐 어때서요?

…아. 몸은 괜찮아요. 괜찮으니까 이렇게 길게 떠들죠. 꼬리뼈가 좀 아프고 그런데 입덧은 별로 없어요. 저랑 신랑 둘 다 크게 태어난 편이라 아이도 크게 태어날 수 있다고, 뱃속에서 너무 크게 자라면 제왕절개를 할 수밖에 없다고 의사쌤이 말씀하시더라고요. 성별은 딸이에요. 딸은 아빠 얼굴 닮는다던데 부디 나를 닮아서 나왔으면. 대한민국에선 여자 얼굴을 너무 중요하게 보잖아요? 그러니까 나를 닮아야죠. …이런 면이 재수없었다고 생각하는 거 얼굴에 다 쓰여있어요.

사실 이제 기자님이 이걸 퍼뜨리고 다녀도 크게 상관없을 것 같은 기분이에요. 벌 받을 짓 했다고 생각해요 제가. 노력과 배경의 경계를 무의미하게 만드는 짓을 한 거잖아요. 우리 딸은 그렇게 안 키워야죠. 진짜예요. 엄마아빠 닮아서 공부 좀 못해도, 정직하게 살라고 가르칠 거예요.

어쨌든 나도 인터뷰하느라 재미있었어요. 맞아요. 저 원래 얘기하는 거 좋아해요. 몰랐어요? 이렇게 조용한 데에서 상대방이 내 얘기에 오롯이 집중해주고, 거기서 얘기를 한다는 게 이렇게 재미있는 일인 건 처음 알았어요. 혹시 인터뷰 필요한 거 있으면 또 불러주세요. 물어본 것만 대답하면 되지 사람들 다 아는 사실까지 구구절절 얘기해서 녹음 파일이 길게 나왔다구요? 그 뭐냐… 의식의 흐름 기법이에요. 아니 글 쓰면서 제 얘기 듣고 아이디어가 더 퐁퐁 솟아오를 수도 있는 거죠. 그러면 저한테 고마워하세요.

해윤이 녹음기의 녹음종료 버튼을 눌렀다. 이 정도면 인터뷰의 분량이 과해서 문제였다.

"먼저 들어가세요. 저는 마무리하고 가야 해서."

"네."

수민이 쇼파에서 일어나 문을 열고 나가기 전, 해윤이 앉은 자리를 돌아보았다.

"…해윤 씨."

"네?"

"기자 된 거 축하해요……. 잘 어울려요."

"……."

해윤은 작게 고개를 끄덕였다. 그때 수민에게 사과하길 잘했다고 생각하면서.

2년이 지났다. 해윤은 언론사 시험에 합격해 F일보의 기자가 되었다. 갑작스러운 꿈은 아니었다. 요즘 기자들은 돈도 못 벌고 욕만 먹고 명예도 없고 완전 3D업종이라니까. 해윤이 알던 선배가 해윤에게 취업 턱을 쏘며 해준 얘기였다. 그 선배는 고등학교 때부터 기자가 되고 싶어 학과도 관련된 과로 진학했고 대학생활 내내 교내언론사에 시간을 바쳤다 해도 과언이 아니었는데 말이다. 이 일을 하기 잘했다고 느껴지는 순간이 분명 있기는 있지만 생각보다 초라한 본인의 모습에 자괴감을 느낄 때가 훨씬 더 많다고.

그 이야기에 잊고 지낸 꿈을 떠올린 해윤이었다. 어릴 적 아버지가 매일 챙겨줬던 신문에 질색을 하던 오빠와는 달리 해윤은 부지런히 사설을 읽은 뒤 감상문을 써가 늘 아버지께 칭찬을 받았었다. TV를 틀면 뉴스에 나오는 기자들도 멋있어 보였다. 이 꿈을 넣어두고 살던 건 언제부터였더라. 중학생 때 방송부에 들어간 해윤에게 방송부는 중학생 때만 취미로 하고 고등학생 때는 하지 말라던 아버지 때문이었던가. 방송부는 학종 넣을 때 별로 차별성도 없고 언론 관련 학과 아니면 쓸모도 없다고.

쓸모없는 실패는 없었다. 해윤이 언론사 논술시험을 수월하게 준비할 수 있던 것은 행정고시를 준비하며 해윤 모르게 쌓여온 경험치 덕분이었다. 논리적이고 개요가 잡힌 글을 쓰는 데에 해윤은 스터디원들 중에서 제일 특출났고 시험을 같이 준비하던 사람이 하나둘 떠나가는데 해윤 혼자만 남아있던 경험을 더는 하지 않아도 됐다. 해윤은 F일보에 높은 성적으로 입사했다.

3개월 간의 수습 교육이 끝난 후 해윤은 사회부로 배치됐다. 매일 아침 8시까지 경찰서로 먼저 출근을 해 경찰서 각 부서를 돌며 분위기를 살피고, 매일매일 그 날의 집회 일정표를 확인하고, 제보 메일이 오진 않았나 메일함을 체크하고, 인터넷 커뮤니티를 둘러보고, 기삿거리를 찾아내 취재하고 글로 옮기는 과정은 두뇌로 하는 중노동에 가까웠지만 이 힘든 시간들을 견뎌내면 발전할 거라는 희망을 품을 수 있었다. 그건 해윤이 생전 처음 느껴본 감정이었다.

오늘은 어떤 소재로 기사를 써야 하나 빳빳하게 굳은 어깨를 주무르며 고민을 하던 해윤의 뇌리에 갑자기 '에스핌'이라는 단어가 스쳤다. 그리고 수민의 얼굴도. 긴 시간이 흐른 만큼 에스핌 파동을 기억 저편으로 치워버린 사람이 대부분이겠지만 해윤의 시각에서 그건 성급한 판단이었다. 에스핌은 모습과 형태를 바꿔 세상에 계속된 화두를 던지고 있었다.

곧장 기획안을 써서 팀장에게 제출하니 수월하게 오케이 사인이 떨어졌다. 웬만해선 칭찬을 해주지 않는 팀장이 눈을 반짝 빛냈다.

"인터뷰이 섭외는 확실한 거지?"

"…네!"

수민에게 연락도 해보기 전이었으면서 해윤은 팀장이 처음으로 제 기획안에 흥미를 가지는 것이 좋아서 대답을 질러버렸다. 해윤은 자리에 돌아와 떨리는 마음으로 연락처 구석에 처박혀있던 수민의 번호를 눌렀다.

천만다행으로, 수민은 인터뷰에 응하겠다고 했다. 진짜 익명 맞냐는 확답을 이십 번 정도 얻어낸 후에. 해윤은 감격한 나머지 회사에서 나오는 사례비 외에도 개인적으로 기프티콘을 보냈다.

그리고 인터뷰는 성공적으로 마무리되었다. 오히려 녹취한 분량이 너무 길어 기사에 쓸 부분만 골라내느라 야근을 해야할 직감이 들었다. 이 사람은 정말 내 인생에 도움이 되는 건지 아닌 건지. 애초에 도움만 되는 사람이란 환상의 인류인지도.

그렇지만 오늘 저녁은 민정과 약속이 있었고 마감이 급한 기사는 아니었으므로 해윤은 야근을 미루기로 했다.

민정은 작은 디저트 가게를 운영하고 있었다. 모은 돈을 탈탈 털어 보증금을 마련했지만 상권이 좋은 곳엔 입점하기는 무리라 주문제작을 위주로 하고 홀 손님은 받지 않는 것으로 결정했다. 디저트의 맛을 확인해야 하니까 어쩔 수 없이 살이 찌게 되었다는 민정은 여전히 동글동글하고 귀여운 인상이었다.

민정은 가게를 운영하는 게 회사를 다니는 것보다 만만치 않다고 했다. 상사가 없는 대신 손님이 있고 쉬는 날도 거의 없으며 나이가 들어서인지, 일 때문인지, 관절에서 삐거덕거리는 소리가 많이 난다고. 가게를 차리겠다고 했을 땐 부모님과도 많이 싸웠다 그랬다. 민정은 더 이상 착한 딸이 아니었다.

'우리 부모님 옛날 분들이라서 결혼도 안 한 여자애가 혼자 가게 차리면 동네에 소문 다 나고 시집도 못 가는 줄 아셔.'

사실 오늘 약속은 민정의 청첩장을 받기 위해 만나는 자리였다. 해윤은 며칠 전 SNS에서 [서울 시내 디저트 맛집 7곳]을 주제로 한 카드뉴스에 민정의 가게가 올라와 있는 걸 보았다. 해윤이 우리 민정 언니 능력자였다며 농담을 던지자 민정은 볼을 붉히며 웃었지만 해윤의 말에 반박은 하지 않았다. 어깨를 으쓱거리더니 자연스럽게 '그러게, 나 좀 능력자인 듯?'이라며 농담을 받았을 뿐. 민정의 착하고 얌전한 모습은 그대로였지만 해윤은 요즘의 민정이 훨씬 더 예뻐 보인다고 느꼈다.

오늘 오후에 수민과 인터뷰를 하기로 했다는 걸 민정에게도 말했다. 민정은 얼굴에 엷은 미소를 띄우고 수민이는 잘 지내고 있냐고 물었다. 해윤은 모든 것이 이전보다 좋아질 것 같다는 강한 예감을 느꼈다.

해윤이 노트북을 켰다. 수민이 어떤 기사를 쓰고 있냐고 자기도 보여달라고 졸라대어 컸던 초안 상태에 불과한 원고가 화면에 떠 있었다.

해윤은 문서에서 마지막으로 수정한 부분으로 커서가 자동 이동하게 해주는 단축키를 눌렀다.

해윤의 왼손 새끼손가락이 SHIFT를 누르고 오른손 검지손가락이 F5를 누른다.

변화하고,

새로고침.

<20xx년 x월 x일. 코로나 바이러스는 종식되었다.>

저자 소개

정다원

글에 마음을 담는 것을 좋아한다. 글이 가진 힘을 믿는다. 그래서 글을
사랑한다. 위로, 공감, 사랑, 이해. 나의 그릇만 된다면 나의 문장에는
따뜻한 것들을 가득 담아 글 너머의 누군가에게 전하고 싶다. 블라썸이라는
필명으로 그림에세이 《오래 잠들어 있던 너에게》를 출간하며 작품활동을
시작하였다.

5.
시간의 너머

20xx년 6월, 코로나가 종식되었다. 뉴스에서는 코로나 종식을 보도했고, 사람들은 마스크를 벗어 던졌으며, 우리를 수년간 옭아매었던 사회적 거리두기는 막을 내렸다.

코로나바이러스가 확산을 멈추고 코로나가 종식된 지 3개월이 지났다. 우리는 보다 빠르게 일상에 적응하기 시작했고, 이제 다시 마스크 없이 사는 것에 익숙해진 듯했다. 좀처럼 끝나지 않을 것 같던 코로나는 가장 강력하고 치명률이 높은 트라호비아 바이러스로 정점을 찍은 후 점점 확산세가 감소하더니 마침내 종식되었다. 트라호비아 바이러스가 휩쓸고 간 자리는 그야말로 황폐했지만, 그런대로 사람들은 이 상황에 적응하고 잘 살아가고 있는 듯 보였다.

엄마의 심부름으로 학교가 끝나고 우유를 사서 집에 돌아오는 길, 마트 근처 병원 앞에 사람들이 줄을 이루고 서 있는 것이 보였다. 언뜻 병원 간판을 보니 신경외과 같은데... 그 모습을 보고 있자니 자연스레 코로나가 유행할 당시 신속 항원 검사를 받던 것이 떠올랐다. 무슨 일이 또 있는 건가...? 의아하다는 생각이 들었지만, 이젠 병원 앞에 줄 서 있는 것만 봐도 신속 항원 검사와 pcr 검사가 생각나 지긋지긋해 고개가 절로 절레절레 저어졌다.

"다녀왔습니다! 엄마, 여기 우유! 엄마 근데 내가 오는 길에 봤는데, 신경외과 앞에 사람들이 줄 서 있더라. 꼭 신속 항원 검사하려고 사람들이 줄 서 있던 거 생각났어."

"그래? 엄마도 요새 깜빡깜빡해. 생각도 잘 안 나고. 나이가 들어 그런가. 사람들이 트라호비아 무서워서 안 나가다가 이제야 병원 진료를 받나 보네. 코로나로 바뀐 게 어디 한둘이어야지."

"그런가? 듣고 보니 그럴 수도 있겠네. 근데 나 깜짝 놀랐잖아."

코로나 때문에 전면 비대면 수업을 하다가 오랜만에 학교에 다니려니 피곤한지 학교에 다녀오면 자꾸 침대에 눕게 되었다.

'코로나 때문에 너무 집에만 있었어.'

트라호비아가 유행했던 올해 3월부터 3개월은 정말이지 끔찍하고 공포스러운 일상이었다. 그리스어로 트라호비아가 비극이라더니... 벌써 코로나가 종식된 지 3개월이 지났지만, 아직도 때때로 이렇게 아무렇지 않은 일상이 다시 돌아왔다는 게 믿기지 않을 때가 많다. 3개월 전만 해도 이게 끝날까 싶었는데... 침대에 누워 천장을 보고 있으니 엄마가 한 말이 자꾸 머릿속에 맴돌았다.

'코로나로 바뀐 게 어디 한 둘이어야지.' '한둘이어야지.'

엄마 말이 맞았다. 사실 트라호비아로 가족을 잃지 않은 사람이 있다면 그건 기적에 가까웠다. 내가 코로나에 걸리지 않은 것도 기적이었다. 트라호비아가 유행할 동안은 정말 주변 사람이 다 감염되어 완치되었거나, 목숨을 잃었거나 하는 일들이 많았다. 우리 집만 해도 아빠가 돌아가셨으니까.

하지만 엄마도, 나도 그땐 할 수 있는 게 많지 않았다. 우리가 할 수 있는 것이라곤 고작 엄마는 내가, 나는 엄마가 무사하기를 바라는 것밖에는 할 수 있는 게 없었다. 남은 서로만은 지키고자 하는 것이 우리가 할 수 있는 것, 바랄 수 있는 것의 전부였다.

엄마는 감염되었지만 무사히 완치되셨고, 나는 감염되지 않고 무사히 넘어갔다. 비록 아빠를 잃었지만, 여기저기서 치명률 90퍼센트에 달하는 트라호비아 바이러스로 가족을 잃는 가운데 엄마와 나는 서로만은 지켰다는 것에 안도해야 했다. 모두가 그런 슬픔을 당연히 여겨야만 할 때가 있었다. 그때는 그랬다. 그런 시절이 우리에게 있었다. 불과 3개월 전일 뿐인데...

엄마와 나는 아빠 이야기를 많이 하지 않았다.

아빠의 죽음을 슬퍼할 겨를도 없이 우리는 서로의 안위를 걱정해야 했고, 엄마와 내가 격리 해제가 되었을 때는 엄마는 나의 무사함에, 나는 엄마의 무사함에 안도해야 했다. 그리고 본격적으로 아빠의 죽음이 슬퍼질 때쯤엔 갑자기 코로나 감염률이 꺾이며 코로나 종식 준비에 접어들기 시작했다. 공포에 질려있던 사람들, 가족을 잃은 사람들은 슬픔을 슬퍼할 겨를 없이, 이제 남은 사람들끼리 살아갈 방법을 찾아야 했다. 갑자기 회복된 일상은 너무나도 아무렇지 않았다. 아무렇지 않은 듯, 아무 일도 없었던 듯, 일상은 아무렇지 않게, 평범하게 흘러갔다.

우리도 이 변화에 발맞추어 아무렇지 않은 듯 그렇게 살고 있었다. 아니, 그렇게 살아야만 했다. 다시 우리 눈앞에 펼쳐진 일상이 너무나도 평범해서, 이전의 일들은 꼭 다른 세계의 일 같았으니까. 지난 일들을 긍정하면 아마 누구도 이 평범한 일상을 누릴 수 없을 것이라고 나는 생각했다.

"혜움아!"

올해 같은 반이 된 새벽이었다.

"응, 안녕. 좋은 아침이야!"

"혜움아, 나 이전부터 궁금한 게 있었어. 너 이름 뜻은 뭐야? 예전부터 물어보고 싶었는데 지금까지 비대면 수업이라 물어볼 기회가 없었어."

"아, 내 이름은 순우리말로 생각이라는 뜻이야. 부모님이 생각하는 존재가 되라고 지어주신 이름이라는데 그래서 그런지 나 혼자 이런저런 생각도 되게 많이 하고, 책 읽는 거, 글 쓰는 것도 좋아해. 신기하지?"

학교에는 빈자리가 듬성듬성 있었다.

모두가 묻지도, 말하지도 않았지만 우리는 모두 트라호비아로 목숨을 잃은 친구들의 자리일 것이란 걸 알고 있었다. 그리고 우리는 약속이라도 한 듯 그것을 입 밖으로 내지 않았다.

나는 친구들의 빈자리를 볼 때면 이따금 마음속에서 무언가가 울컥하고 뜨겁게 밀고 올라오는 것을 느꼈다. 그리고 가끔은 가슴이 타는 것 같은 작열감과 같은 것이 느껴지는 것도 같았다. 그러나 그 모든 슬픔을 혜아리기엔 너무 많은 것들을 잃었기에 한 번 슬픔을 느끼기 시작하면 걷잡을 수 없을 것 같았다. 그래서 나는, 기억 저편으로 시간의 저 너머로 나의 슬픔을 미뤄두었다.

언젠가 이 모든 슬픔을 헤아릴 수도 있는 날이 올 것이라 고대하며. 그래도 괜찮은 날이 올 거라고 그 시간을 기다리며.

병원 앞에 사람들이 줄 서 있는 것을 보고 난 몇 주 후, 점점 더 많은 사람이 병원으로 몰리기 시작했다. 특이한 것은 유독 신경외과만 사람이 그렇게 줄을 이룬다는 것이었다.

학교에서도 기억이 잘 나지 않는다고 말하는 친구들이 많아졌다. 예를 들면, 어제 뭘 먹었는지도 기억이 나지 않는다거나, 수다를 떨다가 분명 옛날에 무슨 일이 있었는데 기억이 막힌 것처럼 잘 생각이 나지 않는다고 했다. 대화하다가 뭔가를 기억하려 하면 오랜 시간 적막이 흐르기도 했고, 그런데도 끝까지 기억을 떠올리지 못하는 일들도 많았다. 우린 모두 코로나 때문에 집에만 있었던 생활이 길어지고, 사람들을 잘 만나지 않는 고립된 생활을 해서 기억력이 0에 수렴하고 있다고 우스갯소리를 했다.

학교가 끝나고 집에 가는 길에 꽃집에 들렀다.

나는 고2지만 야자를 하지 않는다. 그동안 비대면 수업을 들으며 집에서 공부하는 게 익숙해지기도 했고, 그냥 학교에 오래 있는 게 답답했다. 코로나를 겪으며 주변 사람들이 죽는 것을 본 후 내 앞날이 어떻게 될지 모르는데 공부가 다 무슨 소용인가 싶은 생각이 들었던 적도 있었다. 그렇지만 또 이렇게 살아있을 수도 있으니 나는 할 일을 하긴 해야 한다는 결론을 내렸다.

꽃병에 꽃을 꽂아두고 공부할 생각을 하니 기분이 좋았다. 엄마와 나는 꽃을 좋아한다. 그래서 아빠가 가끔 꽃을 사 오곤 했었는데... 엄마와 아빠 이야기를 잘 하지 않지만, 그렇다고 생각이 나지 않는 건 아니었다. 아빠와의 추억은 또렷했지만, 왠지 아빠 이야기를 하면 안 될 것 같았다. 엄마는 어떻게 생각하는지는 잘 모르겠다.

"안녕하세요. 노란색 다알리아 한 송이에 소재 넣어서 포장해 주세요."

"다녀왔습니다. 엄마, 여기 꽃 사 왔어."

"우와. 오랜만에 꽃 보니까 너무 좋다. 엄마 저녁 준비할 동안 좀 꽃병에 좀 꽂아줘."

"응, 알겠어. 엄마, 저번에 꽃병 쓰고 어디에다 뒀어? 엄마가 정리했었던 것 같은데."

"꽃병? 무슨 꽃병? 잘 기억이 안 나네. 내가 무슨 꽃병을 쓰고 어디에다 뒀더라."

"아니, 내가 아빠한테 갖고 싶다고 해서 아빠가 엄마랑 서프라이즈로 사줬던 거 있잖아. 엄마랑 아빠랑 같이 사러 갔다며. 노란색 도자기로 된 꽃병 기억 안 나?"

"그랬나? 그런 일이 있었나? 엄마는 기억이 안 나는데. 엄마가 한번 찾아볼게. 찾으면 나오겠지."

"기억이 안 난다고? 말도 안 돼. 정말 기억이 안 나? 엄마랑 아빠랑 서프라이즈 해준다고 꽃시장에서 꽃도 사 왔던 날 있잖아. 꽃병이랑 같이."

엄마가 기억이 안 날 리가 없는데. 아니, 기억을 못 해서는 안 되는데.

갑자기 기분이 나빠졌다. 꽃을 사서 집에 올 때만 해도 기분이 좋았는데. 꽃병이야 찾으면 나오겠지만, 엄마가 어떻게 그걸 기억 못 하지?

나는 엄마가 꼭 아빠를 잊어버린 것처럼 느껴졌다.

아니, 아무리 깜빡깜빡해도 그렇지 어떻게 그걸 기억을 못 할 수가 있어? 일상적인 사소한 기억도 아니고. 엄마랑 아빠랑 같이 꽃시장에 다녀와서 꽃도 사고 꽃병에 꽂아 나한테 선물하려고 준비했다고 엄마도 아빠도 신나서 이야기했던 기억이 이렇게 선명한데. 아빠와의 추억을 이렇게 쉽게 잊어버린다고? 아빠가 돌아가신 지 얼마 되지도 않았는데. 엄마는 정말 아무렇지 않은 거야? 이건 아니지.

⁂

그 뒤로도 엄마는 무언가를 기억하지 못하는 일이 많았다. 엄마는 꼭 몇 년간의 기억이 꽉 막힌 것처럼 기억을 떠올리기가 힘들다고 했다. 엄마는 어제 있었던 일도 떠올리지 못하고 어제 뭘 했더라, 어제 뭘 먹었더라 하고 한참을 생각하곤 했다.

"엄마, 병원 가봐야 하는 거 아니야? 요즘 병원에 사람 많던데. 엄마도 이럴 게 아니라 한번 병원에 가보는 건 어떨까?"

나는 엄마가 걱정됐다. 그리고 정확히는 엄마의 증상이 주변에서 보이는 어떤 증상들과 매우 비슷한 것 같다는 생각을 하게 됐다.

갑자기 왜 자꾸 기억에 문제가 생기는 걸까...?

여느 때처럼 학교에서 돌아와 한가로운 시간을 보내고 있던 어느 날이었다.

20xx.xx.xx. 네**뉴스

<해리성 기억상실, 무의식적인 방어기제로 기억을 봉인....>

방어기제로는 억압, 억제, 합리화, 동일시, 해리가 있고...

과거의 고통스러운 사건이 생각나지 않도록 무의식적으로 막기 위해 큰 사건이나 큰일을 당하고 겪는 기억상실을 경험하기도 하며... 치료법으로는 특별한 방법을 사용하지는 않고, 시간이 지나며 자연스럽게 기억이 회복되도록 돕거나, 필요한 경우 약물을 이용하기도 한다.

이게 뭐지...? 방어기제로 기억을 봉인한다고...? 큰 사건이나 큰일을 당하고 겪는 기억상실...? 순간, 나는 마음이 바닥으로 떨어지는 것 같았다. 그리고 그동안 우리 모두가 겪어온 시간이 파편처럼 스쳐 갔다. 마음이 아릿한 느낌이었다. 기사를 읽는 내내 심장이 쿵쿵거리는 소리가 귀까지 전

달이 되는 것 같았다.

　기사를 읽고 난 후로 며칠간은 마음이 혼란스러웠다.

　한편으로는 내 주변에서 일어나고 있는 일들을 이젠 어렴풋이 이해할
수 있을 것 같았지만, 주변에서 동시다발적으로 일어나고 있는 기억상실
과 기억력 감소와 같은 문제들을 어떻게 하면 좋을지 모르겠다는 생각이
들었다.

　이미 엄마도, 친구들도, 선생님도... 내 주변에서는 같은 문제로 어려움
을 겪는 사람들이 많았다. 그런데 그게 고통스러운 기억을 잊기 위한 거라
면... 어쩌면 그냥 두는 것이 좋지 않을까?

　나는 기사를 읽게 된 날부터 기사를 읽고 알게 된 것들, 이와 관련된 내
생각, 느낌을 기록하기 시작했다. 언젠간 나의 기억도 사라질지 모른다는
두려움이 들기도 했고, 기록해두면 언젠간 도움이 될지도 모른다는 생각
이었다.

　그런데 왜 나의 기억은 아직 사라지지 않았을까? 아니, 어쩌면 나도 기
억을 잃었지만, 기억을 잃은 것조차 기억하지 못하는 건 아닐까? 책상에
앉아 생각하고 있노라면 수많은 물음표가 꼬리에 꼬리를 물고 떠올랐다.
기억을 잃어가는 사람 앞에 나 혼자 멀쩡한 기분이 들다가도 나조차 내가
멀쩡한 게 맞는지 나 자신을 의심하게 되는 날들이 계속되고 있었다.

　엄마가 퇴근하고 돌아온 어느 날의 저녁, 나는 엄마에게 물었다.

"엄마, 만약에 별로 기억하고 싶지 않은 일들이 있어. 근데 어느 순간부터 그게 잘 기억이 안 나는 거야. 그럼 기억이 나지 않는 대로 그냥 그대로 두는 것이 좋을까? 근데 만약 나쁜 기억을 잊느라 좋은 기억도 같이 사라진다면...? 엄마는 어떤 것 같아?"

"음... 글쎄... 잊어버린 기억을 굳이 되찾을 필요가 있나 싶긴 하네. 꼭 필요한 기억이 아니라면 말이야. 게다가 좋은 기억도 아니면 기억하지 않는 편이 편할 것 같기도 하고. 근데 좋은 기억도 같이 사라지는 건 좀 슬프긴 하다. 어쨌든 기억이 모이고 모여서 만들어진 게 현재의 나일 텐데. 근데 또 한편으로는 그냥 흘러가는 대로 둬보면 또 자연스럽게 기억도 제가 있어야 할 곳을 찾지 않을까 싶기도 하고. 어쨌든, 뭐, 사람마다 다를 것 같기도 하다."

"음... 그런가...?"

나는 침대에 누워 엄마가 한 말을 곱씹었다.

'그냥 흘러가는 대로 두면 자연스럽게 기억도 제가 있어야 할 곳을 찾는다'고...

맞아. 그러고 보니 기사에서도 특별한 치료법 없이 자연스럽게 시간이 흐르면서 기억이 회복되도록 돕는다고 했지. 그렇지만 이 사람들을 다 돕기엔 지금 기억을 잃어가는 사람들이 너무 많은걸. 그리고 기억이 회복되도록 돕는 게 맞는 건지도 잘 모르겠어. 그럼 만약 나라면...? 나라면 주변에서 어떻게 해주길 바랄까?

나는 만약 내가 선택할 수 있다면 고통스럽더라도 기억하는 편이 나을 거라고 생각했다. 어쨌든 언젠가는 겪어야 할 일이라면, 그리고 이 모든 게 이미 벌어지고 난 뒤의 상황이라면, 무조건 상황을 회피하기보다는 자연스럽게 이 모든 것을 받아들이고, 마음을 회복하고, 또 살아가는 법을 터득하고 싶었다.

그런데 사람들은 어떤 고통을 겪었을까...? 트라호비아로 겪은 고통이라는 건 같지만, 그 속의 다양한 사연들은 다 다를 텐데. 나는 문득 사람들의 이야기가 궁금해졌다. 지금까지 트라호비아로 겪은 각자의 비극과 고통에 대해서 제대로 이야기를 해 본 적이 없었다는 사실이 잠시 잠깐 사이 뇌리를 스쳤다. 어렴풋이 각자 트라호비아로 사랑하는 사람을 잃었으리라 추측할 수 있었을 뿐, 정말이지 자세한 이야기에 대해서는 아는 것이 하나도 없었다.

음... 모든 사람이 지금 트라호비아로 겪은 비극의 종류가 다 다르다면... 지금부터라도 다들 어떤 고통을 겪었는지, 무슨 일이 있었는지 알아봐야겠어. 서로 상처를 공유하고 위로하는 과정에서 어쩌면 지금 문제에 대한 해답과 회복을 기대할 수 있을지도 몰라.

*

그날 이후 나는 종이와 펜을 들고 친구 집, 이웃집, 친한 가게 사장님, 친구의 친구 등 주변을 돌며 그들의 이야기를 듣기 시작했다.

내가 가장 먼저 찾아간 곳은 친구 고운이의 집이었다. 고운이는 트라호비아가 유행하기 직전 전 국민이 맞았던 코로나 백신 부작용으로 오빠를 잃었다고 했다.

"정말 웃긴 건, 기적같이 우리 집에서는 아무도 트라호비아에 걸리지 않았다는 거야. 오빠가 백신을 맞지 않았더라면 아마 지금... 백신 맞고 죽은 우리 오빠만 억울하지 뭐...” 마지막 말을 뱉는 고운이의 눈에는 끝내 눈물이 고였다.

“……”

나는 어떤 말도 할 수 없었지만, 가족을 잃은 고운이의 슬픔만큼은 말하지 않아도 알 수 있었다. 아무 말 없이 고개를 떨구며 덩달아 눈물이 맺힌 채 고개를 끄덕이는 나를 바라보는 물기 가득한 고운이의 눈빛 또한 꼭 “말하지 않아도 너의 마음을 알아.”라고 속삭이는 듯했다. 그 순간 슬픔에 차 허공에서 마주하는 눈빛의 뜨거움은 오래 내 마음을 울렸다.

나는 고운이의 집을 나오며 생각했다.

‘트라호비아 변이 바이러스로 목숨을 잃은 사람을 생각하느라 백신으로 목숨을 잃은 사람들은 까맣게 잊고 있었어.’

처음엔 백신 부작용으로 목숨을 잃었다는 기사만 보면 두려움에 떨고, 분개했었는데...

그런 기사가 하나가 나오고, 둘이 나오고, 열이 나오고... 점점 많아지다 보니 언젠가부터는 누군가의 고통과 슬픔에 무감각해졌던 건 아닐까? ‘아, 또 이런 일이 생겼구나.’ 이 정도에서 생각이 그치게 된 건 아닌지... 고통이 빈번해지니 고통에 무감각해진다는 것이 어떤 것인지 생각을 하면 할수록 씁쓸해졌다.

이다음에 내가 만난 사람은 아래층 아주머니였다. 아래층에는 다섯 살짜리 꼬마 아이가 살고 있었다. 내가 학교에 갈 때면 아주머니 손을 잡고 유치원에 가는 꼬마 아이와 아주머니를 엘리베이터에서 종종 마주치곤 했다. 그런데 요즘 아이가 보이지 않아 설마 했었는데... 이런 소식을 예상하지 못했던 것은 아니지만, 막상 아주머니께 직접 전해 들으려니 마음이 무겁고 아팠다.

"내가 혜움이를 만나고 싶어 한 이유는 딱 하나야. 애 아빠는 우리 애를 점점 잊어버리더라고. 애를 보낸 지 얼마나 됐다고 깜빡깜빡하는지 엄마로서는 정말 야속하고 원망스러운데 이렇게라도 산 사람은 살아야지 싶기도 하고. 애 아빠를 이해하려 했다가, 미워했다가 하루에도 몇 번씩 혼자... 나도 그렇게 잊으면 편하려나. 그런데 잊는다고 잊히려나... 나는 고통스러워도 기억하고 싶어. 내가 엄만데, 엄마인 내가 기억을 못 해주면 우리 애가 세상에 왔다 간 거, 우리 옆에 있다가 간 거 누가 기억해 주겠어..."

아주머니의 목소리가 점점 떨리기 시작했다. 아주머니는 한참 동안 말을 잇지 못하다 이내 다시 입을 열기 시작하셨다.

"그날... 어떻게 된 거냐며..."

아주머니가 전해준 바는 이랬다. 트라호비아가 확산되면서 감염에 대한 위험성 때문에 확진된 아이들은 병원에서 진료받지 못했고, 아주머니는 열이 떨어지지 않는 아이를 품 안에 붙들고 이러지도 저러지도 못한 채 고열로 아이의 숨이 꺼져가는 것을 지켜볼 수밖에 없었다는 것이었다.

"코로나만 아니면 병원만 가면 금방 해결될 일이었는데... 손도 못 써보고 내 아이가 내 품속에서 꺼져가는 것을 보는 심정이 얼마나 괴롭고 애타는 일인지 겪어보지 않은 사람들은 모를 거야. 차라리 나 대신 우리 애가 살았으면 좋았을 텐데... 같이 걸렸는데 나만 살았어. 나만..."

아주머니는 가슴을 치며 울부짖으셨다. 그날 내가 들었던 자식을 잃은 엄마의 울음소리는 지금껏 내가 들었던 울음소리와는 다른 것이었다. 짐 승의 울음소리 같은 울음이 자식을 잃은 어머니의 몸뚱아리에서 흘러나왔 다. 눈과 입뿐 아니라 온몸으로 우는 울음이었다.

아주머니는 어떻게 그런 일을 겪고도 기억을 놓지 않을 수 있을까? 모 두 슬픔을 감당하지 못해 기억을 잃어가는 가운데 어떻게 아주머니는 그 걸 버틸 수 있었을까? 아이를 잊지 않기 위해 지옥 같은 시간마저 끌어안 고 사는 아주머니의 몸부림이 처절하게 느껴졌다. 지옥을 붙들고 사는 아 주머니를 보며 엄마는 강하다는 말이 이런 걸 보고 하는 말이구나 하고 나 는 생각했다.

먹먹한 심정으로 인사를 드리고 나오려는데 아주머니가 내 등 뒤에 대 고 하신 말씀이 기억에 남는다. 이렇게 말하고 나니 후련하다고. 기억을 붙 들고 있느라 괴로웠는데, 이제 우리 아이를 기억해 주는 사람이 한 명 더 늘어 마음이 편안하다고. 부디 이 이야기를 널리 널리 퍼뜨려 달라고. 그러 면 내가 잊어도 잊지 않을 수 있을 것 같다고. 그리고 이 비극은 오래 기억 되어야 한다고 말씀하셨다.

우리 아이는 이렇게 갔지만, 다음에 이런 일이 생긴다면 그때는 지금보 다 대비책이 더 잘 마련되어 허망하게 가는 아이가 없었으면 좋겠다며 그게 아주머니께서 이 기억을 붙들고 사는 또 하나의 이유라고 하셨다. 아주머니 께는 이 기억이라는 것이 이 비극을 기억해야 같은 비극이 일어나지 않을 수 있을 거라는 작은 희망과 같은 것일지도 모르겠다는 생각이 들었다.

나는 집으로 돌아와 오늘 만났던 사람들, 그리고 내가 오늘 마주한 비극에 대해 생각했다. 구체적인 사연들은 다 달랐지만, 사랑하는 사람을 잃었다는 슬픔을 관통하는 하나의 공통점이 있어 마치 내 일처럼 아팠고, 슬펐다.

누군가를 잃는다는 건 미래를 잃어버린 것과 같다. 내가 사랑했던 사람과 당연히 함께할 것이라 생각했던 나의 미래. 나의 미래 속에 당연히 존재할 것이라 여겼던 나의 오만을 한순간에 부수어 버리는 것이 어쩌면 이러한 급작스러운 이별일지도 모른다.

나조차도 알지 못했다면 좋았을 감정들이지만, 야속하게도 우리가 알지 못했던 슬픔을 견디어 내는 것 또한 살아남은 사람들의 몫이라는 생각이 들었다. 오늘 밤은 슬픔의 여운이 오래 남는 밤이 될 것 같았다.

⁎

오늘은 고운이와 오랜만에 밖에서 점심을 먹기로 했다. 지난번에 고운이의 집에 찾아갔던 것을 계기로 고운이와 더 자주 연락하기 시작했고, 오늘은 트라호비아 종식 이후 처음으로 고운이와 밖에서 만나 밥을 먹기로 한 것이다.

코로나가 유행할 동안 배달에 익숙해져서 그런지, 트라호비아가 주었던 공포스런 기억 때문인지 코로나 종식 후에도 밖에서 밥을 먹는 건 왠지 어색했다. 지금 와서 생각해 보면 코로나가 유행하면서 요식업들이 많이 휘청였지만 그래도 배달이라는 다른 대안을 찾게 되면서 한편으로는 카페 음료나 디저트를 집에서 먹게 되어 좋은 점도 있었던 것 같다.

엄마랑 아빠랑 집에서 이것저것 엄청나게 시켜 먹었었지. 오랜만에 옛 생각이 났다. 코로나 이전에는 집에서 카페 음료를 마실 수 있다는 건 상상도 못 했는데. 늘 밖에 나가야만 먹을 수 있던 음식들을 처음 집에서 먹었을 때의 행복감과 신기함처럼 오늘은 오랜만에 고운이와 밖에서 밥을 먹을 생각에 왠지 모를 기쁨과 두근거림을 느꼈다. 기분처럼 날씨도 좋은 가을날이었다.

"안녕하세요!" 고운이와 나는 예전에 우리가 자주 가던 분식집으로 들어갔다.

"고운아, 근데 여기 사장님 바뀐 것 같지 않아? 우리가 매일 올 때마다 계시던 사장님이 안 보이시는 것 같아."

"그러게, 나도 그동안 배달은 시켜 먹었었는데 여기 와서 먹는 건 트라호비아 이후로 처음이라... 잘 모르겠어. 여기서 시켜 먹을 때마다 사장님 생각났었는데 안 계시니까 왠지 조금 서운하고 맘이 좀 그렇다. 당연히 계실 줄 알았는데... 그치?"

"그러게... 주문할까?"

"여기 떡볶이랑 튀김 2인분에 콜라 하나 주세요!"

우리는 그날 자주 가던 분식집에서 그동안 밀린 수다를 잔뜩 떨었다. 아픔을 드러내지 않았을 때는 몰랐는데 고운이의 이야기를 듣고 난 후 서로에게 더 많은 이야기를 할 수 있어 홀가분하고 좋았다. 아빠가 돌아가셨다는 것을 알음알음으로 아는 친구들도 있겠지만, 물어보기 전에 말하기도 조금 그렇고, 또 친구들에게도 어떤 사정이 있을지 모르니 서로 먼저 말하지 않았는데 고운이와 속 이야기를 털어놓으며 서로 같은 아픔을 가졌다는 것이 이렇게 위로가 되는 일인지 나는 열여덟에 처음 알게 되었다.

어디였더라 어디선가 이런 말을 들은 적이 있다. 자식 잃은 부모에게 가장 위로되는 말은 "나도 자식을 잃었어요"라고. 어쩐지 그때는 이 말이 잘 이해가 되지도 않고 조금 가혹한 것 같다는 생각도 들었는데 이젠 어렴풋이 그 말의 뜻을 이해할 수 있을 것도 같았다.

아픔과 슬픔이 이렇게 나의 이해의 영역을 넓히고 나를 성장시키기도 하나 보다.

그리고 이건 나중에 들은 이야기지만, 고운이와 내가 갔을 때 만난 분식집 사장님은 원래 우리가 알던 사장님의 아들이었다고 한다. 코로나가 터지면서 손님이 줄어들자 사장님은 가게를 접을지 말지 고민했고, 때마침 이직을 고민 중이던 사장님의 아드님이 직장을 그만두고 어머니와 함께 분식집을 운영하게 되었다고 한다. 아드님이 함께 일하기 시작하며 배달 시스템을 도입하자 가게는 안정을 되찾았지만 원래 사장님이 트라호비아에 감염되면서 지금은 아드님이 가게를 완전히 물려받게 되었다는 것이었다.

사장님이 트라호비아에 감염되었었다고 하니 혹시나 하는 생각에 소식을 전해 들으며 순간 심장이 덜컥 내려앉았는데 다행히 완치되셨다고 하셔서 마음이 놓였다. 사장님은 원래 연세가 있어서 그런지 완치 후에도 후유증이 너무 심해 조금만 움직여도 숨이 차거나 기침이 자꾸 나는 등 몸이 완전히 회복되지 않아서 일을 그만두게 되셨다고 했다. 가끔 일을 도와주러 나오신다고는 하는데 연세 때문인지 몇 년간 곧잘 해오던 가게 일인데도 자꾸 조리 순서를 하나씩 빠뜨리거나 방금 주문받은 것도 자꾸 깜빡깜빡하신다고 한다. 아드님께서는 이제 가게는 신경 쓰지 말고 편하게 쉬라고 거듭 말씀하시는데도 트라호비아로 친구들을 많이 떠나보내서 외롭고 적적하신지 가끔 가게 앞에 가면 앉아있는 모습을 볼 수 있다고도 했다.

그 말을 듣는 내내 내 머릿속에서는 사장님의 인상 좋은 얼굴과 사람 좋게 웃으시는 모습이 맴돌았다. 트라호비아가 사장님으로부터 앗아간 친구들과 수년간 즐겁게 일하며 느끼셨을 중년의 낙이 사장님의 웃는 얼굴과 대비되며 지금의 현실이 더욱 쓸쓸하게 느껴졌다.

✳

창밖으로 첫눈이 내렸다. 지난겨울에는 첫눈이 언제 왔더라. 첫눈 오는 날 나는 무얼 했더라. 생각이 나지 않았다. 분명 뭔가를 했던 것 같은데...

✳

언젠가부터 나의 기억력이 희미해지는 것 같다는 느낌이 들기 시작했다. 예를 들면, 지난 일이 잘 생각이 나지 않았다. 분명히 무슨 일이 있었는데. 무슨 일이 있었다는 건 알겠는데 그게 뭐였더라. 생각을 하려 해도 잘 떠오르지 않았다. 그리고 엄밀히 말하면 기억하려고 시도하려는 그 자체가 조금 힘들었다.

트라호비아에 대한 트라우마로 기억을 잃는다는 게 어떤 느낌인지 내가 겪어보기 전에는 온전히 이해하지 못했는데 지금은 그게 무엇인지 알 것 같았다.

그럼 기억을 못 하는 게 편하냐고? 음... 이 증상이 나타나기 전엔 행복했던 날들이 떠올라 슬프기도 하고, 갑자기 뒤바뀐 현실이 혼란을 주기도 하고, 소용돌이 같은 감정에 휩싸이기도 했었는데 지금은 그냥 아무 생각이 없는 것처럼 느껴졌다.

기억의 부재는 그냥 내가 지금 살고 있는 현실만 보게 했다. 감정을 소모할 일도, 괴로울 일도 없으니 한편으로는 이게 나쁘다고는 말하지 못하겠지만 한편으로는 음.. 이전의 나를 잃어버린 것만 같다. 나의 인생의 조각이 사라져버린 것 같다. 좋든 싫든, 그 기억이 아프든 슬프든 그건 나의 일부와도 같은 건데... 그 속에는 분명 좋은 기억도 있을 텐데...

나는 일단 흘러가는 시간에 나를 맡기기로 했다.

기억에 어려움을 겪으면서 달라진 점이 있다면 전보다 더 나의 '오늘'에 집중하기 시작했다는 것이었다. 이따금 나의 상태는 언제 돌아올까, 나는 지금 괜찮은 게 맞나 하는 궁금증이 생기기도 했지만 그렇다고 상태가 나아지는 것은 아니었다. 나는 전보다 기억력이 나빠졌고, 전처럼 선명하게 무언가를 기억하는 것이 어려웠다. 내가 할 수 있는 건 그저 주어진 오늘을 열심히 살아가는 것뿐이었다.

아, 그런데 기억력이 나빠지면서 내가 이해하게 된 것도 있었다. 바로 우리 엄마와 기억을 잃어가는 주변 사람들이었다. 사실 나는 엄마의 속내가 몹시 궁금했었다. 나는 맨 처음엔 엄마가 나에게 슬픔을 들키지도 않은 채 참 잘 살아가고 있다고 생각했다. 보이는 것이 전부는 아니겠지만, 아빠를 잃고도 마치 아무렇지 않게 일상을 지켜내는 엄마가 열여덟의 나에게는 조금 야속해 보였다. 그렇다고 엄마에게 슬프냐고 물어볼 수는 없는 노릇이었다. 엄마도 엄마 나름의 감정이 있겠지. 엄마도 엄마 나름의 힘듦이 있겠지. 잠들어 있는 슬픔을 깨워내거나 들쑤실 필요는 없었으니까 아무것도 묻지 않았을 뿐이다.

그러다 트라호비아로 기억을 잃거나 기억력이 나빠질 수도 있다는 것을 알게 된 후로는 엄마도 지금 힘들다는 걸 이해하게 되었다. 어쩌면 조금 이상하게 들릴지도 모르겠지만, 나는 엄마의 슬픔에 마음이 놓였다. 엄마도 아빠를 사랑했구나. 슬픔의 크기가 사랑의 크기와 비례한다고 믿었던 열여덟 어린 나의 솔직한 심정이었다.

사람이 자기가 겪지 않은 일들에 대해서 이해한다는 것은 생각보다 어려운 일이구나. 이건 내가 기억력이 나빠지면서 알게 된 것이다. 기억을 잃는다는 건 무슨 느낌일지 한 걸음 뒤에서만 주변 사람들을 바라보던 나는 비로소 그게 어떤 것인지 이해할 수 있었다. 그렇게 나는 사람들의 고통을, 엄마의 심정을 하나씩 이해해 가고 있었다.

⁜

슬픔을 견디는 것에는 정해진 힘이 있을까? 사람마다 각자에게 정해진 슬픔의 한계치가 있는 걸까? 정해진 한계치를 넘어가면 몸이 우리를 보호하기 위해 무의식적으로 우리 자신을 지키려 하는 걸까? 트라호비아로 일련의 사건들을 겪으며 나는 의문을 품게 되었다.

각자의 슬픔에 무게를 매길 수는 없겠지만, 이 세상에는 나의 슬픔보다 더한 슬픔이 있다는 것을 나는 안다. 그런 사람들은 어떻게 살아갈까. 나는 이 정도도 슬픈데.

슬픔을 겪고 나서 내게 달라진 점이 있다면 타인의 슬픔에 대해 좀 더 민감해진 것이었다. 내가 상상할 수도 없는 고통을 안고 살아가는 사람들의 슬픔에 나는 이따금 관심을 두게 되었다. 그리고 그게 누구든 지금 그 순간을 지나고 있을 사람에게, 그런 시간을 겪고도 살아가고 있는 사람에게 온 맘을 다해 경의를 표하게 되었다.

그 후로 또 시간이 흘렀다. 나는 열아홉이 되었고, 이따금 지나간 기억이 떠오르곤 했지만 이젠 제법 슬픔에 무뎌지는 법을 깨달아가는 듯했다. 모든 슬픔이 다 이해되진 않았지만, 어쩌다 한 번씩 슬픔이 밀려오거나, 아빠와의 추억이 물밀듯 밀려오는 날엔 충분히 아파하고 충분히 슬퍼했다. 그건 엄마도 마찬가지였다. 지나간 시간을 되돌릴 수 없다는 것은 참 야속한 일이지만 시간이 흐른다는 것이 한편으로는 위안을 가져다주기도 한다.

트라호비아가 지나간 후 코로나가 종식되고 일상이 회복된 지 1년이라는 시간이 훌쩍 지난 지금, 단계적 일상 회복이라는 이름 아래 빠르게 회복되던 세상과는 달리 세상의 속도를 따라가지 못하던 우리의 마음은 얼마나 회복되었을까.

예전의 나는 '시간이 약'이란 말을 참 싫어했었다. 어른들이 말하는 소위 '시간이 약'이라는 말이 왠지 어른들의 '아는 척' 같았달까. 다 겪어본 사람처럼 위에서 아래를 내려다보며 '시간이 약이야~'하며 던지는 말들이 괜한 반감을 불러일으키곤 했다.

'나는 지금 힘들고 아픈데 너무 쉽게 말하는 거 아니야?' '같은 상황을 겪어보지도 않았으면서.' 어른들은 마치 몇 번의 슬픔을 나보다 먼저 겪어봤던 이유로 아이들의 슬픔을 너무 가볍게 여기는 것 같았다. 그런데 지금은... 아마도 우리 모두가 시간이라는 약이 있어 그나마도 다행이라고 생각할 것이다.

시간이 약이라는 말에 반감을 품던 나도 지난 1년간 그저 시간이 흘러가기를 기다려왔을 정도니까. 시간이라는 약이라도 없었다면 아마 그 시간을 버텨내지 못했을 사람도 분명히 있었을 테니 시간이 흐른다는 건 참으로 고맙고 다행스러운 일이었다.

얼마 전에는 아래층 아주머니를 만났다. 아주머니는 곧 이사를 가신다고 했다. 고3이 되고부터 야자를 하니 같은 아파트에서 살아도 마주칠 일이 거의 없었는데 오랜만에 만난 아주머니의 표정이 전보다 한결 편안해 보였던 것이 기억이 난다.

"혜움아, 오랜만이야. 잘 지내지?"

"네, 그동안 안녕하셨어요? 너무 오랜만에 뵙는 것 같아요"

"응, 어쩌다 보니 시간이 이렇게 흘렀네. 우린 지금 이사 준비 중이야. 가기 전에 혜움이를 한번 보고 싶었는데. 이렇게 마주쳐서 다행이야."

"아... 이사 가시는 거예요..?"

"응. 어쩌다 보니 그렇게 됐네. 지난 1년은 정말 정신이 없었어. 무슨 생각을 하고 사는지도 모르게 그냥 살았거든. 이제 정신도 점점 돌아오고, 여기서 계속 살 수는 없을 것 같아서. 예전엔 이곳에 기억이 많아서 떠나기 힘들었는데 이젠 반대로 기억이 많아서 힘들기도 하고. 많이 고민했는데 장소를 옮긴다고 기억이 사라지는 건 아니니까. 어디에 있든 우리가 우리 아이는 기억하면서 살면 되니까... 애 아빠도 이제 기억이 서서히 돌아오고 이곳에 있는 걸 힘들어하네."

"아... 이제 못 뵌다니 아쉬워요."

"그러게. 나도 이제 혜움이를 못 본다니 아쉬워. 그래도 우리... 잘 살다가 언젠가 한 번쯤 이렇게 우연히 또 만나자."

그리고 아주머니는 엘리베이터의 문이 닫히기 전 내 손을 잡으며 몇 마디를 덧붙이셨다.

"아, 혜움아, 그리고 꼭 하고 싶은 말이 있었는데 전에 내 이야기 들어 줘서 고마웠어. 그때 정말 누구에게라도 털어놓고 싶었거든. 근데 생각해 보니 혜움이도 어렸더라. 지금도 어리지만." 아주머니의 입가에 엷은 웃음이 걸렸다.

"근데 나... 들어주는 사람이 있어서 정말 고마웠어. 잊지 못할 거야. 우리 혜움이도... 잘 지내."

말씀 끝에 내 손을 여러 번 곱게 쓰다듬던 아주머니의 따뜻한 감촉이 아직도 생생하다.

내가 멀어지는 아주머니를 향해 끝내 덧붙이지 못한 말은 '행복하세요'였다. 나는 진심으로 아주머니가 행복하기를 바랐지만, 때론 너무 큰 행복을 잃은 사람에게 행복하란 말이 되레 상처가 되기도 한다는 것을 나는 어렴풋이 알고 있었다. 아주머니의 행복의 시계는 지난날들에 멈춰있음을 알기에, 그 시간이 다시 흐르기 위해서는 이보다 더 많은 시간이 흘러야 함을 짐작할 수 있었기에, 행복할 수는 있어도 그때 아이와 함께하던 그 정도의 행복을 느끼는 건 어려운 일임을 알 수 있었기에 나는 감히 아주머니 앞에서 '행복하세요'란 말을 뱉어내지 못했다.

다만, 나는 멀어져가는 아주머니의 뒷모습을 향해 마음속으로 말하고 또 말했다.

'아주머니, 행복하세요. 행복하세요. 행복하세요. 언젠가는 꼭 행복해지세요.'

이전과 같은 행복이 아닐지라도, 그만큼의 행복은 아닐지라도, 또 다른 행복이 아주머니의 삶에 깃들기를 그 순간 나는 진심으로 바라고 또 바랐다.

시간이 흐르고 바뀐 것이 하나 더 있었다. 그건 바로 시간이 흐르며 서서히 기억이 회복되는 과정에서 상실에 대한 자각으로 큰 고통을 겪는 경우, 나라에서 고통받는 사람들을 위해 심리상담을 지원하기 시작했다는 것이었다.

　트라호비아를 비롯한 코로나 관련 상황으로 사람들의 기억력에 문제가 생겼다는 것이 수면 위로 드러나고 고통을 호소하는 사람의 수가 많아지자 슬픔을 더는 개인의 몫으로 남겨두지 말자는 움직임이 한몫한 결과였다.

　여기서 주목할 만한 것은 심리상담을 위한 지원에 트라호비아의 불행을 피해 갔던 사람들이 힘을 잔뜩 보탰다는 것이었다. 이들은 지원금을 보내기도 했는데, 지원금을 보내게 된 이유에는 이러한 말들이 적혀있었다.

　"불행을 겪은 사람들이 다수고 불행을 피해 간 사람은 소수다 보니, 가끔은 아무 일도 겪지 않은 게 되레 잘못한 것처럼 느껴질 때도 있더군요. 불행을 겪은 사람들 앞에서 아무 일도 겪지 않은 것이 마음 불편하게 느껴질 때가 많았어요. 사실 운이 좋아 불행을 피해 간 것이 잘못한 것은 아닌데 말이에요. 지난 1년 동안 사람들이 불행을 나눌 때 저는 할 말이 없어서 잠자코 있는 날들이 많았습니다. 사실, 처음에는 우리 집엔 아무 일도 일어나지 않아서 다행이라 생각했고, 감사하다고 생각했어요. 그런데 코로나가 종식되고 1년이 지난 지금도 고통 속에 있는 사람들이 많다 보니 이제는 감사했던 마음도 부끄러워집니다. 제가 감히 주변 이웃들의 마음에 다 공감하지는 못하겠지만, 이렇게라도 회복을 바라는 마음을 보태고 싶습니다. 그러면 이 불편한 마음을 조금이라도 덜 수 있지 않을까 싶습니다."

　"저는 처음엔 주변에서 어떤 문제를 겪고 있는지 아예 몰랐어요. 관심도 없었고요. '나만 피해 가면 됐지.' 이런 생각도 했었던 것 같고. 내가 겪지 않은 불행에 대해서는 생각하지 않거나 금방 잊는 것이 사람이니까요. 그런데 어려움을 겪는 사람들이 이렇게 많다는 것을 알게 되니 제가 참 교만했다고 생각하게 됐어요. 이게 당연한 것이 아닌데 말이에요. 아마 저는 사람이라 어쩌면 또 오늘이 지나면 다른 사람들의 고통을 잊을 수도 있겠지만, 그래도 뭐라도 하고 싶다는 마음에 보냅니다. 이렇게라도 해야 아직도 고통받고 계시는 분들이 많다는 걸 기억할 수 있을 것 같기도 하고요. 유익하게 잘 써주세요."

"아직도 괴로운 기억을 부둥켜안고 살고 계신 모든 분께 바칩니다.
부디 괴로운 기억에서 벗어날 수 있기를 간절히 기도합니다."

"슬픔을 겪고 일어나는 것이 더 이상 한 개인의 몫만은 아닌 사회가 되길 바랍니다.
한 사람의 관심이 때로는 한 사람을 일어나게 한다는 것을 우리가 기억할 수 있었으면 좋겠어요."

아이러니하지만 가끔 우리는 비극과 슬픔 속에서 아름다움을 발견하기도 한다. 이를테면 비극과 슬픔이 없었다면 발견하지 못할 그런 따뜻함 같은 것. 어쩌면 이건 아픔이 하는 일일까. 어쩌면 아픔이 가진 힘일지도 모르겠다.

나의 열아홉의 이야기는 이제 고운이의 이야기로 끝을 맺으려 한다.

고운이와 나는 3학년에 같은 반이 되었는데, 고운이는 종종 집에서 있었던 이야기를 나에게 해주곤 했다. 그중 가장 기억에 남는 것은 어버이날과 고운이 오빠의 생일에 있었던 일이다.

고운이는 어버이날과 고운이 오빠의 생일날이면 그렇게 오빠의 친구들이 고운이네 집을 방문한다고 했다. 아마도 고운이의 부모님에 대한 배려 같다고 하는데, 어렸을 때부터 집안끼리도 서로 잘 알던 오빠의 소꿉친구들이 한바탕 집안을 떠들썩하게 휩쓸고 간다고 했다.

"이런 날 오빠를 생각 안 할 수가 없잖아. 다들 생각나는데 생각난다고 말 못 하는 그 분위기 알지? 그래서 난 그 적막감이 오히려 두려울 때가 있었거든? 근데 오히려 오빠 친구들이 와서 시끄럽고 떠들썩하게 해주니까 좋더라. 그리고 그냥 웃으면서 오빠 이야기를 하는 거야. 오빠가 이랬고 저랬고. 오빠 친구들이 우리 엄마 아빠한테 우리가 몰랐던 오빠 이야기를 해주기도 하고. 처음엔 오빠 친구들 보면 엄마 아빠가 오빠 생각날까 봐 조금 걱정되기도 하고 그랬거든? 근데 엄마 아빠한테 오빠는 생각이 안 날 수가 없겠더라고. 어차피 생각할 거 많은 사람이 같이 생각해주고 기억해주니까 오히려 고맙더라. 우리 오빠가 친구들 하나는 잘 뒀어."

"그럼~ 너희 오빠 진짜 좋았는데. 그러니까 그렇게 좋은 친구들이 옆에 있는 거야. 너희 오빠도 분명 그런 친구였을 거야."

고운이와 나는 옅은 미소를 띠며 서로를 바라보았다.

1년 전에는 우리 둘 다 울고 있었는데. 문득 1년 전이 떠오르며 새삼 시간의 흐름이 실감이 났다.

＊

아직 1년여밖에 되지 않은 짧다면 짧고 길다면 긴 시간이지만 지난 시간을 통해 내가 배운 것은 겪어야 하는 슬픔은 다 겪어야 지나간다는 것이었다. 때가 어느 때든 아마 잠들어 있는 슬픔이 우리를 깨우는 날이 있을 것이다. 아직 받아들여지기엔 그 아픔이 너무 커서 누군가의 마음속에 고이 숨겨진 슬픔도 있을 것이고, 조금씩 고개를 내밀고 있는 슬픔도 있겠지만 슬픔은 다 겪어야 지나가는 것 같다. 그러니까 어느 때든 그때가 온다면 슬픔을 정면으로 마주할 용기도 함께 갖게 되길.

내가 트라호비아를 겪으며 느낀 슬픔, 마주한 마음들이 때론 너무 고통스러워서 잠시 그 이야기들을 고이 덮어둔 날들도 있었지만 어쨌든 시간이 흐른 후에 나는 그 시간 속엔 눈물만 있는 것은 아니라는 것을 알게 되었다. 주변 사람의 토닥임도 있고, 연대도 있고, 위로도 있고. 그래서 그것들이 우리를 다시 일어나게 하나 보다.

이걸로 트라호비아에 대한 열아홉의 기록 끝.

- 시간이 흐르고 해가 바뀌고 스물한 살이 되어 펼쳐본 나의 지난 기록에 덧붙이는 스물한 살 혜움이의 말 -

비록 슬픔에 잠겨있던 시간이 있었지만 나와 엄마는, 그리고 나의 주변 사람들은 슬픔을 딛고 계속해서 앞으로 나아가는 중이다. 슬픔의 크기는 저마다 다 달라 누군가는 이보다 더 오랜 시간이 걸린대도, 한참은 더 아파야 하더라도, 우린 서로의 손을 잡고 조금씩 조금씩 슬픔 그 너머의 시간으로 걸어갈 것이다.

내가 겪었던 슬픔이 크다는 이유로 다른 이의 슬픔을 하찮게 여기지 않기를. 내가 겪어보지 않은 슬픔이라 하여 나와는 무관하게 여기지 않기를. 슬픔을 겪는 이를 혼자 두지 않기를. 아직 슬픔에 잠긴 이가 있다면 오늘 당장은 앞이 보이지 않더라도, 그래도 언젠가는 이 시간을 넘어 슬픔 그 시간의 너머로 나아갈 수 있기를.

우리는 그렇게... 어른이 되었다.